가도실

佳 道 實

칸타타

Cantata

가도실 칸타타

발행일	2022년 10월 28일

지은이	권대순		
펴낸이	손형국		
펴낸곳	(주)북랩		
편집인	선일영	편집	정두철, 배진용, 김현아, 장하영, 류휘석, 김가람
디자인	이현수, 김민하, 김영주, 안유경	제작	박기성, 황동현, 구성우, 권태련
마케팅	김회란, 박진관		
출판등록	2004. 12. 1(제2012-000051호)		
주소	서울특별시 금천구 가산디지털 1로 168, 우림라이온스밸리 B동 B113~114호, C동 B101호		
홈페이지	www.book.co.kr		
전화번호	(02)2026-5777	팩스	(02)3159-9637

ISBN	979-11-6836-513-1 03810 (종이책)	979-11-6836-514-8 05810 (전자책)

(주)북랩 성공출판의 파트너

북랩 홈페이지와 패밀리 사이트에서 다양한 출판 솔루션을 만나 보세요!

홈페이지 book.co.kr • 블로그 blog.naver.com/essaybook • 출판문의 book@book.co.kr

작가 연락처 문의 ▸ ask.book.co.kr

작가 연락처는 개인정보이므로 북랩에서 알려드릴 수 없습니다.

권대순
장편소설

가도실
佳 道 實
칸타타

가 도 실 을

노 래 하 다

북랩

머리말

객지 생활 40여 년 만에 고향 경북 의성 안평면으로 귀향(歸鄕)했다.

구순(九旬)의 어머니를 보살피겠다는 작은 효심으로 귀향했지만, 맞닥뜨린 단절의 시간이 길어 오히려 객지같이 느껴지는 고향이었다. 고향을 알아간다는 심정으로 소설을 쓰기 시작했고, 자연스레 가도실(佳道實) 동네로 향하는 발걸음이 잦아졌다.

귀 기울여 본 고향은 많이 달랐다. 많은 분이 뼈 깎는 고통을 감내하고, 땀 흘려 고향과 농촌을 눈부시게 변모시켰음을 알게 되었다. 그 역동적인 삶에 고개를 숙이며, 수고하셨음에 정성을 다해 경의(敬意)를 표하고 싶다.

인생 60여 년을 살면서 대수롭지 않은 내용으로 책 몇 권을 썼다.

불혹의 나이일 때, "책 5권을 집필하고 이 세상을 떠나자!"라고 스스로 약속했던 목표를 지키기 위해서였다. 그동안 내가 쓴 책을 읽어 보고서는 소설 한번 써 보라며 누군가 권했던 충고가 도전의 계기가 되었다. 그분은 서울 이태원에 살고 있는 오영희 님으로, 감사하다고 기록하고 싶다.

2021년 3월 귀향하니 6년 전에 작고하신 아버지의 컴퓨터가 고장이 나 있었다. 주저하고 있으니 누군가 쓸 만한 중고 노트북을 부산에서 구하여 나에게 주었고, 그 노트북의 키보드 자판을 토닥토닥 두드려 글을 썼다. 그 자판이 소설『가도실 칸타타』를 탄생시켰다. 노트북을 구해 준 고향 친구 장규화 님께도 정성을 다해 고맙다는 기록을 남기고 싶다.

가도실 동네의 이런저런 귀한 자료를 전해 주신 장낙선 님, 박옥자 님, 김광렬 님께도 진심으로 감사하다고 기록을 남기며, 특히 신정순 여사님과 김광덕 님의 열정과 끈기에 몸을 낮추고 경외(敬畏)하며, 따스한 온기를 가진 고향 동창생 오문석 님과 김찬우 님 등에게도 고마움을 전한다.

홀로 살아갈 수 없는 이 세상이다.

여러 번 출간할 때 교정(校正)을 봐 주신 하윤정 님의 정성과 꼼꼼함으로 흉잡히지 않는 책이 만들어졌다. 이번에도 하윤정 님께 감사하다고 기록하고 싶다.

낙향(落鄕) 생활을 응원해 준 아내 오광희 여사, 통화할 때마다 의성도서관에 있다는 아버지에게 "멋쟁이 아빠"라고 용기를 북돋아 준 딸 가람, 사위 혁, 아들 용현에게도 고맙다고 기록하며, 성장하는 외손자 훈이를 보며 많은 에너지를 얻어 습작에 도움이 되었다.

또 출간할 때 등 두들겨 주신 자형 허규 님과 누나 필희 여사 님에게도 감사하다고 기록하며, 영순 형님과 아우 철순의 응원 도 고맙다고 기록하고 싶다.

삶의 여정에서 시간이 풍요로우면 수족이 게으르기 마련이니 나태하지 않으려고 또 글감을 찾아 부지런을 떨어 볼 요량이다. 글을 쓴다는 것은 고됨도 많지만 마음은 풍성하고 스스로 행복 의 문으로 걸어 들어가는 듯하다. 그래서 또 매달려 봐야겠다.

지난 수개월 동안 여가를 만들어 어떻게 써야 할지 고민하며 글쓰기에만 매달렸고 시간만 나면 의자에 앉아 노트북의 자판 을 토닥이며 살았다. 다른 한편으로는 빨리 끝장내야지 하면서 나 스스로를 다그치기도 했다.

설상가상으로 코로나19 감염병의 창궐로 집에만 틀어박혀 있 게 되었으나, 글 쓰는 시간이 많아졌고 결국 소설을 완성했다.

재주가 특출하지 않은 저로서는 느긋느긋 여기까지 왔으나 여러 독자와 함께 공감하기를 염원해 본다.

2022년 12월
의성군 안평면 박곡리 면사무소 뒷집에서
권재운 쓰다

차례

머리말 5

하늘에서 첫 강하를 했다 11

사람이 먼저다 31

고향 가도실(佳道實)은? 47

엄마 죽지 마! 66

그냥 83

우리 엄마 99

낳아라, 또 낳아라 116

새어머니 141

시집살이 165

고향 가도실을 지키다 188

그 도시락과 새어머니 207

하늘에서 첫 강하를 했다

군용기를 타고 첫 강하를 했다.

용맹한 특전 용사가 되기 위한 첫 관문으로 군용기에 몸을 싣고 상공 수백 미터까지 올라가 가느다란 몇 가닥의 줄과 천 조각에 의지한 채 창공에 나의 몸을 던지고 낙하산을 폈다.

머리는 상쾌하면서도 가슴이 조금 뻑뻑한 느낌이 들었다. 두려움이라든지, 꼭 살아야 한다는 생각보다는 차분한 희열과 흥분이 앞섰던 순간이었다. 마치 따스한 방 안에서 바깥으로 나가 쾌적한 외부 공기를 들이마셨을 때처럼, 청량감이 콧구멍과 목구멍부터 가득 차 온몸에 퍼지는 기분이었다. 이름 없는 계곡에서 새순을 뚫고 나와 소리 소문 없이 인근 계곡에 자욱하게 퍼지는 찔레꽃의 은은한 향기를 맡았을 때와 버금가는 순간이기도 했다. 졸졸 흐르는 계곡 물소리와 함께 퍼지는 향기의 그윽함 말이다. 때로는 후련하고 상쾌하지만 맡고 나면 미련 같은

게 생겨 그 향기 쪽으로 고개를 돌려 코를 킁킁대고 싶은 충동 같은 것이었다. 앞으로 나의 삶에 이런 기분이 쭉 이어졌으면 좋겠다고 생각했다.

한편으로는 창공에서 낙하산을 잘못 조정하면 크게 다치거나 목숨을 잃을 수도 있는 위험한 훈련인데 어처구니없이 아슬아슬한 생각을 했구나 싶다. 비행기에서 떨어져 창공에서 낙하산을 펴는 것도 그렇지만 오롯이 낙하산에 의지한 채 땅 위에 착지하는 순간이 가장 위험하며 발아래서 어떤 일들이 닥칠지 모르는 찰나의 순간이다. 그리고 공중에서 낙하산끼리 부딪히는 사고도 간혹 있어 주의해야 했다. 어떻게 보면 대부분의 공수교육이 땅에 안전하게 닿기 위한 훈련에 치중된 것만 봐도 그 순간이 가장 위험한 것은 분명하다. 땅에 닿는 순간 바람이라도 불면 낙하산은 바람에 따라 움직일 것이고 낙하산에 연결된 몸은 중심을 잃은 채로 바람이 부는 쪽으로, 낙하산이 뒤흔드는 대로 함께 이끌리면서 주변에 있는 나무며, 바위며, 계곡에 부딪치고 내동댕이쳐질 것이 자명하다. 그다음은 말하지 않아도 뻔한 것이다. 중심을 잃은 상태로 붕 떠서 아무 곳에나 부딪쳤을 때 몸은 할퀴어지고 부러지며 피가 낭자하여 결국에는 정신을 잃고 자신의 몸을 스스로 추스르지도 못할 지경에 이르고 심하면 목숨을 잃게 된다. 이렇게 중요한 순간에 온 정신을 집중해도 부족할 판에 약간 흥분이 된 상태로 상쾌함을 즐겼다는 것은 대단히 위험한 일이다. 많은 경험이 있는 고숙련자라면 모를 일이지만 처녀 낙하산을 강하하는 나로서는 한심하기 그지없는 일이었다.

　그때 나의 삶은 궁핍하고 메말랐다. 눈동자는 순둥이처럼 껌벅껌벅거렸지만 내면에서는 자신을 부정하고 자아를 혐오했다. 내가 처한 상황은 탱자 가시가 우글거리는 야산에서 얼굴과 손등을 찔려가며 막 헤쳐 나가는 것, 혹은 깨진 유리 조각 위에 피를 철철 흘려 가며 맨발로 걸어가는 것 같기도 했다.

　그뿐 아니라 어느 훈련보다도 더 육체적인 고통을 요구하거니와 공중의 공포심에도 끄떡없도록 3주간 혹독하게 단련되었으며, 훈련 덕분인 것도 있지만 그것보다도 더 절박한 무엇이 나의 가슴에 떡하니 지탱하고 있었나 보다. 누구에게도 보여 줄 수 없도록 꽁꽁 숨겨 놓은, 바람은커녕 송곳조차도 들어갈 수 없는 나의 가슴이었다. 혹독한 가뭄이 길게 늘어져 하늘만 의지한 채 덜컥 싹을 내었지만 어느 곳으로부터도 물기를 받지 못해 곧 말라죽어야 하는 천수답(天水畓) 씨앗의 운명처럼 절체절명의 각박함이었다, 그때 나의 가슴은.

　나도 모르게, 나의 의사와는 상관없이 가족들이 내가 아버지와 어머니의 맏아들로, 할아버지와 할머니의 장손으로 늘 바르고 우뚝하게 성장하길 바라는 것부터 부정하고 싶었다. 하나도, 둘도 아닌 여섯이라는 동생의 수도 이해하기 어려웠다. 부모님이 내 밑으로 연년생 또는 이년 터울로 거의 10년 넘게 아이를 낳았다는 사실이 부담스러워 때로는 눈을 감고 머리를 좌우로 힘껏 흔들며 부정하고 싶었다. 그 많은 동생이 올망졸망한 눈으로 나를 쳐다보며 형이라고, 오빠라고 부르면서 졸졸 따라다니는 것부터가 성가셨다. 거위들이 줄지어 다니며 "꽥꽥" 하며 우는 것처럼 느껴져 숨이 막힐 지경이었다. 이런 우리 가정이, 온 가족이 살고 있는 이 동네가, 지금 숨 쉬고 있는 이곳이 부담스러웠고 자주 떠나고 싶었다. 지금 낙하산에 매달려 있어 목숨을 부지해야 되는 절박한 순간이지만 그 어느 때보다도 나는 푸근하고 넉넉하게 여유를 부리고 있었다.

그렇게 많은 동생을 이 세상에 남겨 두고 먼저 떠나간 어머니가 원망스러웠으며, 어린 동생들에게 무엇을 해 줘야 되는지 알 수도 없었지만 단 하나도 해 준 것이 없는 형이었고 오빠였다. 초등학교 6학년이었으니 아직은 응석을 부려도 될 나이였지만 넋 나간 아이처럼 눈에는 온 세상의 슬픔을 담고 울고 싶어도 눈물이 나오지 않았다. 그렇다고 딱히 내가 운다고 해도 동조해 줄 사람이 없었기에 눈동자만 껌벅이던 슬픈 어린 시절이었다. 그때 집안에서는 할아버지와 할머니만 또렷한 정신을 움켜잡고 7남매의 손주들이 밥이나 굶지 않는지 이름을 불러가며 챙겨 주셨다. 아내를 잃어 슬픔에 잠긴 아버지는 정신 줄을 놓고 나날이 술로 잠을 청할 때가 늘어 갔다. 자신의 아들이 아버지 위치를 포기하면서 뭉개져 가는 모습을 바라본 할머니는 처음에는 달래 보다가, 같이 울면서 하소연을 해 보다가, 할 수 없는 지경에 이르러서는 앙칼진 여자로 매섭게 변해 아버지를 닦달했지만 아무 소용이 없었다.

"이놈아. 정신 차려라! 정신을……."

"……."

"너의 심정을 이해는 한다만, 줄줄이 있는 저 새끼들 눈을 처다봐라!"

아버지는 묵묵부답이었다. 그저 모든 것을 체념하듯이 중얼거렸다.

"뭘…… 되겠지요. 팔자는 타고 나잖아요……."

그러면 할머니는 또 악다구니를 쓰며 아버지에게 달려들었다.

"무슨 팔자……. 정신 나간 놈."

아버지는 빈정거리다가 목청을 북돋아 고함을 질렀다.

"애비 팔자가 이런데 자식들이야…… 삼신할머니가 보살펴 주겠죠!"

이번에 할머니는 목소리를 가다듬어 점잖게 타이르듯이 말했다.

"그래, 그렇다면 다행이고……. 그러나저러나 술은 작작 마셔라."

아버지는 또 목청을 높였다.

"어머니 내 팔자는 왜 이래요. 팔자가……."

그리고는 할머니의 어깨에 기대어 꺼이꺼이 울음을 토해냈다. 할머니는 눈에서 붉은 불덩어리 같은 것을 비추더니 이내 바위 같은 눈물을 흘리며 힘겹게 말을 이으려 했다.

"저 새끼들…… 새끼들……."

아버지와 할머니가 신세타령을 하면서 쏟아내는 눈물을 보고 여기저기에 있던 동생들이 줄줄이 저들도 훌쩍훌쩍 닭똥 같은 눈물을 흘렸다. 누구는 나이를 더 먹은 형이고 오빠고 하는 체면 같은 게 없었다. 아무튼 나이 차가 고만고만했지만 그래도 위아래가 있는 남매들인데 모두가 통곡하여 집구석이 떠나갈 것만 같았다. 누가 누구를 울지 말라고 달래고 감정을 추슬러 주는 이도 없었다. 모두가 어찌할 바를 몰라 세상을 떠날 것처럼 울다가 넋 나간 모습으로 멍하게 허공을 바라봤다. 몇몇은 하염없이 울다가 두더지가 밭두둑을 파 들어가듯이 할머니 치마폭에 머리를 파묻고는 흐느꼈다. 전쟁터처럼 삭막한 아비규환 속에서 이상하게도 나는 울지 않았다. 더 정확하게 표현한다면 울음을 보일 여유가 없었다. 왜 그랬는지 알 수 없었으나 분명한 것은 장남이라는 책임감 때문은 아니었다. 어린 나이의 초등학생이었기에 장남의 견고한 위치를 가늠하지도 못할 때였다. 그냥 무덤덤했다. 가슴에서는 터질 듯이 울고 있었지만 눈물샘까지는 닿지 못했다. 슬픔이라는 감정이 머리에 도달하기 전에 눈앞이 뿌옇게 흐려져 보이지 않았던 이유는 얼핏 희끗희끗한 물체가 보였기 때문이다. 흩어졌다 모였다 하면서 어머니가 손짓하듯이 지나가는 모습이 어른거리는 바람에 할머니와 아버지 그리고 동생들이 함께 우는 동질감에 이탈되어 같이 울어 보지도 못했다. 왜 슬픔을 모르겠는가? 내 어머니가 죽어서 그 슬픔에 아버지가 마음을 잡지 못하고 방황하는 현실이 눈 앞에 펼쳐지고, 동생들이 그 충격으로 울면서 할머니에게 매달리고 있지 않은가! 기가 차서 어떻게 해야 하나 싶으면서도 할 수 있는 게 없었다. 집채보다도 더 큰 바위가 내 앞을 가로막은, 아니 내 가슴에 들어앉은 것처럼 답답해서 숨을 못 쉴 정도였지만 어찌할 도리가 없었다. 그냥 먼 산만 쳐다보고 있는데 할아버지가 슬며시 다가와 나의 머리를 쓰다듬으며 말했다.

"현태(賢台)는 철이 꽉 찼어. 삼신할머니가 보내 준 맏손자는 뭔가 달라……. 너희가 정신을 차려야 돼. 네 아버지를 본받으면 안 된다. 알겠지."

먼 하늘을 보며 뒤통수를 쓰다듬으면서 또 중얼거렸다.

"꼭, 이 집안의 기둥이 되어야 해……."

나는 할아버지의 말에 아무 대답도 할 수가 없었다. 꼭 무슨 대답을 해야 하는 분위기는 아니었기에 고개를 떨구어 땅을 봤다. 마침 신고 있는 검정 고무신 코 앞에 뽀족하게 튀어나온 못생긴 돌멩이가 눈에 들어왔다. 특이하게 생긴 것도 아니고 그냥 평범한 돌부리였으나 자꾸 시선이 멈추고 있었다. 그러다 갑자기 머리가 깨질 듯이 아프더니 호박돌만큼 커진 머리가 어깨 위에 놓여 있다는 생각이 들었다. 어깨에 중량감이 느껴지더니 갑자기 휘청거리며 쓰러질 뻔했다. 칭찬해 주는 할아버지 앞이니 정신을 바짝 차려야겠다고 생각했다. 넘어지지 않으려고 단단히 애를 썼다. 할아버지는 다시 묵직한 소리로 허공에 대고 한마디를 내뱉고는 힘없이 방으로 들어갔다.

"빨리 커서 너네가 집안을 살려야 돼, 너네가……."

휑하게 할아버지가 떠난 마당에서 생각해 보니 다른 것은 몰라도 빨리 커서 어른이 되어야겠다고 다짐했다. 어른이 되면 힘을 쓸 수가 있지만 지금 초등학생으로서는 큰 힘을 쓸 수가 없으니 뭘 어떻게 해야 되는지 도무지 생각이 나지 않았다. 힘이 세지면 당장 나의 어깨를 짓누르는 무게부터 덜어낼 작정이었다.

나는 고무신을 질질 끌며 방으로 들어와 버렸다. 열어 놓은 방문을 통하여 집 앞 들판의 푸르름이 눈에 들어왔으며 동네를 가로질러 흐르는 시냇물 소리가 들렸다. 저 멀리 중학교의 모습도 흐릿하게 시야로 들어왔다. 초여름의 싱그러운 포플러 잎이 바람에 일렁이며 동네 들판에 나부끼고 있었다. 그 바람이 온 방 안을 돌아 나가더니 곧 시원해졌다. 나도 모르게 눈을 감고는 심호흡을 했다. 세상이 잔잔해지더니 나의 머리도 본래의 크기대로 되돌아와 가벼워졌고 가슴이 편안해지면서 숨 쉬기가 한결 쉬워졌다. 생각해 보니 조금 전 마당에서는 숨 쉬기도 힘들어 헐떡이지 않았는가.

모두들 울어 재끼는 바람에 머리가 하얗게 되어 아무 생각도 나지 않았다. 벽에 기대어 앉아 있다가 엉덩이를 미끄러트리듯이 밀어 방바닥에 누웠다. 한결 머리가 가벼워졌다는 걸 느꼈다. 팔베개를 하고 누워서 나도 모르게 말이 나왔다. 조용히 혼잣말로 중얼거렸다.

"아, 시원하다. 나는 커서 바람이 되어야지! 이리저리 나부끼는 바람 말이야. 저 산에도 가고, 들판에도 가고, 서울에도 가야지!"

사실 나는 태어나서 그때까지 고향의 면(面)을 벗어난 적이 없었다. 아직 읍(邑)내도 가 보지 못한 순순한 토종 촌놈이었다. 이웃 또래들과 함께 햇빛에 그을려 새까만 얼굴을 하고 산과 들로 몰려다니면서 개구리와 뱀을 잡아 구워 먹고, 호롱불 등잔 밑에서 밥상을 펴 놓고 숙제를 할 만큼 자연과 벗 삼아 살던 나날 중에 어머니가 작고(作故)한 것이다. 한동안 시끌벅적했던 소동이 끝나고 한 꺼풀 속앓이를 들어낸 것 같아 개운하더니 하품이 나왔다. 나도 모르게 깜박 졸았다고 생각했다.

눈을 떴을 때는 꿈속에서의 이런저런 생각과 내가 어른이 되어 왔다 갔다 하던 모습이 얼핏 기억났다. 큰 힘을 쓰는 어른은 여러 일들을 해결할 수 있으며, 이곳저곳을 떠다닐 수 있겠다는 생각이 들었다. 배앓이를 할까 봐 얇은 이불이 덮여 있었다. 초여름이라 무게가 느껴지지 않을 정도로 가벼운 이불이었다. 실눈을 뜨고 이불을 만지작거리면서 어머니가 덮어 주었을 것이라고 생각할 찰나에 화들짝 놀라 정신을 바짝 차렸다. 그 순간 어머니가 죽었다는 것이 떠올랐다.

그런데 곁에서 어머니의 냄새가 났다. 어머니는 죽었는데 말이다. 아주 가만히 고개를 돌려서 보니 할머니가 같이 누워 자고 있었다. 순간 할머니가 어머니였으면 좋겠다는 생각이 들어 나도 모르게 기어들어가는 소리로 "엄마, 엄마……."라고 되뇌었다. 갑자기 현기증이 나더니 눈물이 났다. 이제야 눈물샘이 터져 줄줄 흘렀다. 할머니가 나의 우는 모습을 보면 애처로워할 것 같아 할머니 머리 반대로 고개를 돌려 숨죽여 울었다. 한참을 울고 있는데 이불 밑으로 익숙한 손이 나의 손을 찾아오고 있었다. 할머니의 손이었다. 나는 울지 않은 것처럼 눈물을 훔치고 할머니 쪽으로 고개를 서서히 돌렸다. 할머니 얼굴을 본

나는 깜짝 놀랐다. 할머니도 나와 같이 숨죽여 울고 있었다. 할머니도 나에게 들키지 않으려고 애를 쓰며 울고 있었던 것이었다. 서로 발각이 된 우리는 엉엉 소리만 내지 않을 뿐 흐느끼면서 울었다. 누가 먼저랄 것 없이 몸을 돌려 와락 껴안은 채로 소리 죽여 울었다. 밖의 동생들이 듣지 못하도록 소리 내지 않고 꺼이꺼이 울었다. 할머니를 껴안자 더욱 어머니 냄새가 났다. 할머니가 어머니였으면 좋겠다는 생각으로 하염없이 눈물이 더 나왔다.

어느 정도 시간이 흐르자 울음이 진정되었다. 한바탕 울고 나서 멍하게 혼이 나간 사람처럼 있었다. 할머니는 나를 꼭 안아 줬다. 그리고는 나직하게 내 이름을 불렀다. 가슴에 묻힌 내가 겨우 들릴 소리로 불렀다.

"현태야, 우리 현태야?"

그 소리에 나는 할머니 가슴으로 더 파고들었다.

잠시 뒤, 방 밖으로 나간 할머니는 아버지에게 나직한 목소리로 또렷이 말했다.

"네가 정신을 차려야 저 새끼들을 살릴 수 있다. 너마저 정신 줄을 놓으면 저 새끼들은 모두 죽게 된다. 그렇다고 땅속으로 들어간 어미가 되돌아오는 것도 아니고……. 알았느냐?"

6남 1녀의 남매 중 가장 나이가 어린 현성(賢成)은 겨우 4살이었다. 출생 개월 수로 따지면 36개월이 채 안 되었다. 어머니가 살아 있다면 아직 젖을 빨면서 보챌 나이다. 그 위로는 2년 터울과 연년생으로 쭉 이어졌다. 올망졸망하게 멧돼지 새끼들이 줄을 지어 어미 돼지를 따르듯이 말이다. 현성 위는 두 살 나이가 많은 현진(賢眞), 그 위는 현우(賢雨), 그 위는 현찬(賢讚), 그 위는 우리 집에서 유일하게 나에게 오빠, 오빠 하면서 따라다니는 여동생 현옥(賢玉)이가 있다. 남동생들과 달리 오빠에게 살갑게 대하면서 아버지와 어머니가 이야기하는 것을 듣고 아주 대단한 것인 양 나에게 귓속말로 전해 주던 현옥이다. 내 바로 아래 동생은 연년생인 현도(賢道)가 있다. 말수가 적지만 형인 나에게 힘을 실어 주고 잘 따랐다. 동생들의 순서가 그랬다.

고등학교를 졸업하고 다시 고향 가도실(佳道實)로 와서 아버지의 농사를 도왔다. 동급생들은 대학에 진학한다고 원서 접수를 하는 등 분주했지만 나는 대학에 진학할 형편이 되지 않았다. 소도 비빌 언덕이 있어야 한다는 게, 극한 상황에도 의지할 곳이 있어야 된다는 뜻이다. 송아지가 태어나면 젖을 빨게 하는 어미 소가 있어야 하듯, 말 못하는 소에게조차 비빌 언덕의 보루(堡壘)가 필요한 것이다. 동생들이 명태 꿰듯이 줄줄이 학교에 다니고 있고, 막내 현성이는 이제 초등학교 3학년이었다. 나에게는 최악이었다.

고향 동네의 옆집을 보더라도 장남이 돌아와 아버지 뒤를 이어 농사에 매진하고 고향을 지키는 모습이 많았다. 그 형들이 본보기가 되어 스스로의 장래를 옥죄어 가두는 계기가 되었다. 더 크게 더 넓게 뭉게구름처럼 둥실둥실 떠다니고 싶었지만 스스로 우물 안 개구리로 만들고 있었다.

그럼에도 불구하고 나는 예외라고 악다구니를 쓰면서 대들며 대학에 진학하겠다고 했어야 했다. 그러나 나는 양순한 맏아들이자 청년으로 성장해 가고 있었다. 설상가상 정 붙이고 싶은 고향집이지만 집 안에 있으면 왠지 뻘쭘했고, 가슴 한곳에 뻥구멍이 나 그 구멍으로 허전한 기운이 들락거리고 있었다. 아버지가 보기에는 예전과 똑같은 아들이지만 나 스스로는 갈피를 잡지 못하고 생각이 많아졌다.

새어머니가 우리 집으로 와서 아버지의 아내 된 지 서너 해 되었고, 우리 7남매가 굶지 않게 땟거리를 해 줬다. 새어머니는 우리에게 살갑게 잘 대해 주었지만 마음 한편으로는 우격다짐으로 우리들의 어머니가 되었다는 생각이 들었다. 이러지도 저러지도 못해서 할 수 없이 어머니라고 불러야 되는구나 생각했다. 마음에는 조금도 그럴 마음이 없었지만 할아버지며 할머니가 어머니라고 부르라고 강요해서 할 수 없이 쭈뼛쭈뼛 부르게 되었다. 죽은 어머니와 새어머니를 감히 비교할 수는 없지만 분명 많은 차이가 있었다.

새어머니는 본인이 낳은 자식이 아니라는 것 때문에 우리 7남매가 오해하고 상처를 받을까 봐 더 애착을 가지고 성심성의껏 보살폈다. 늘 애를 쓰는 것이 눈에 보였다. 그렇게 애를 써 줄수록 나는 더 거리감이 생겼다. 쌀가루와 콩고물이 잘 어우러져 시루떡이 되지만 한편으로는 층층을 이루어 버티고 있는 것처럼 속에서는 불편함이 쌓이는 것 같았다. 오래된 옷은 편한데 비해 새 옷은 불편한 것처럼 새어머니를 대하는 내 마음은 편하지 않았다. 대놓고 이야기는 못 하였지만 마음속 구석에는 틈새 같은 게 벌어지고 있었다.

농사일은 끝이 없기에 사방이 일거리였다. 초등학교 입학 전 아주 어릴 때부터 아버지를 간간이 도왔다. 농사꾼의 자식들이 농사를 돕는 것은 당연한 일이었다. 씨앗을 뿌리거나 수확을 하는 시기에는 어린아이의 손이라도 빌려야 되는 게 농사다. 하늘의 때와 작물의 습성을 놓치면 폐농(廢農)이 되어 당장 입으로 들어갈 끼닛거리를 놓치게 되기 마련이기 때문이다. 농사는 기후와 인력에 전적으로 의지한 채 늘 바쁘기만 했다. 그 일을 내가 앞서서 하기보다는 아버지께서 "이거 해라. 저거 해라." 시키시는 꼴이었고 나는 양순한 아들인 양 "예, 그렇게 할게요." 하면서 농사를 도왔지만 공중에 붕 떠 있는 것만 같은 마음이었다.

거의 매일 들판에서 일을 하고 있을 때면 아버지는 점심밥 먹기 전과 점심밥을 먹고 난 뒤 중참으로 막걸리를 마셨다. 내가 고향을 오기 전에는 새어머니가 아버지의 막걸리 심부름을 도맡았다. 물론 어머니가 살아 있을 때는 어머니가 해야 되는 몫이었다. 일손이 한가한 겨울에는 고향 집 곳간에서 밀주(密酒)를 담아 아버지의 목 축임이 되도록 했으나, 농번기에는 부엌일과 들일을 같이 해서 몸이 열 개라도 빠듯한 어머니가 밀주 담그기는 엄두를 못 내었다.

어머니가 종종걸음으로 오 리(五 里) 채 못 되는 장터의 술도가(都家)에 가서 막걸리를 사 오면 밭고랑에서 몇 잔을 마시고 힘을 얻는 아버지였다. 허기와 갈증으로 농사일 진척이 더딘 아버지를 생각해서 막걸리 사 오기에 바삐 움직인 탓에 어머니의 콧등에 땀이 송글송글 맺히곤 했다.

우리 집은 가도실(佳道實) 동네에서 1호로 가진 물건이 두 개 있었는데, 바로 자전거와 라디오였다. 자전거는 일본에 살고 있는 큰아버지가 10여 년 전에 사서 보내 준 것이었다. 큰아버지는 강제 징용으로 일본에 끌려갔으나 끈기 있고 성실하게 일했고 그 모습을 눈여겨 본 일본인의 도움을 받아 차근차근 사업체를 확장하여 내실 있는 알짜배기로 만들어 갔다.

저녁밥 시간이 지나면 동네 사람들은 우리 집으로 꾸역꾸역 모여들었다. 라디오 소리를 들으러 온 것이다. 연속극에 귀 기울이며 극 속의 주인공인 양 안절부절못했고 가수 이미자의 동백 아가씨를 따라 부르기도 했으며, 남녀 희극인의 만담(漫談)을 듣고 손뼉을 쳐 가며 웃으면서 즐거워했다. 모두가 밤늦도록 라디오 앞에서 귀를 쫑긋이 세워 빠져들며 하루의 피로를 풀곤 했다.

처음 자전거를 받았을 때는 동네에서 딱 한 대밖에 없는 천연기념물 수준이었다. 그러니 당연하게 자전거를 탈 줄 아는 사람이 아무도 없었으며 어루만지고 세워 둔 채 페달을 돌려 보는 것으로 만족하는 정도에 그쳤다. 그러나 어느 날은 무한정 눈요기만 할 수 없다고 판단하여 자전거 타는 법을 배우게 되었다. 먼저 바로 밑 동생 현도를 자전거에 오르게 하고 뒤 짐받이를 잡아 주며 넘어지지 않도록 해 줬다. 시골 골목길이 좁기도 했지만 두발자전거는 워낙 배우기 어려웠다. 잘 가다가도 볏짚가리나 청솔가리로 처 박기 일쑤였다. 그러나 올망졸망한 7남매 중 여동생인 현옥이와 나이가 어린 막내 현성이만 빼고 서너 달 사이에 모두들 자전거를 탈 수 있게 되었다.

물론 배우면서 여러 번 넘어져 무릎이 해지고 손등이 까지는 것은 어찌할 수가 없었다. 모두들 넘어져 상처투성이였으며 온몸에 빨간 모큐롬 약을 발라 성한 곳이 한 곳도 없이 엉망진창이었다. 그 약은 일본식으로 '아카징키' 또는 한문 식으로 '옥도정기'라고 불렸다.

옆집에서 또래 아이가 자전거를 타고 싶어 기웃댔지만 올망졸망한 7남매가 자전거 한 대에 매달려 순번을 매겨 가며 타는 상황인데 어찌 빌려줄 수 있는 형편은 못 되었다. 그러나 하도 아우성을 하여 옆집 아저씨를 앞세워 온 아이는 아버지의 중재 끝에 잠시 자전거를 타 보는 기회를 얻기도 했고, 순번을 놓친 동생은 새치기한 옆집 아이를 원망하며 토라지곤 했다.

아버지 심부름으로 오른손으로는 누런 알루미늄 두 되짜리 주전자를 잡고 왼손으로는 큰아버지가 사 주신 그 자전거 핸들을 잡고서 운전과 브레이크를 조작하며 장터가 있는 양조장으로 갔다. 앞서 말했듯 아버지는 고된 농사로 허기가 지거나 출출할 때는 막걸리를 즐겨 마셨다. 아버지만 그런 게 아니라 고향 동네 어른들 모두가 막걸리를 좋아했고 단 하루라도 마시지 않으면 병이 날 만큼 막걸리를 입에 달고 살았다.

아버지는 자주 밭고랑에서 막걸리와 함께 고추장에 풋마늘을 찍어 먹고는 지긋이 눈을 감고서 "캬……." 하며 깊은 맛에 감탄했다. 그리고는 취기가 오르면 탁주 5덕을 예찬했다.

"현태야. 막걸리가 좋다는 것은 온 천지가 다 알지만 그중에서도 다섯 가지 덕(德)을 아느냐?"

술을 가까이하기에는 나이가 어리기도 했지만 딱히 관심도 없었으니 알 리가 없었다.

아버지는 서당의 훈장 선생님처럼 차분하고 차근차근히 말했다.

"취하되 인사불성이 되지 않음이 일덕(一德)이요, 출출할 때 새참으로 요기되는 것이 이덕(二德)이요, 힘들 때 기운 돋우는 것이 삼덕(三德)이며, 안 되던 일도 마시고 넉넉하게 이루어지는 것이 사덕(四德)이요, 더불어 마시면 응어리 풀려 화합이 되는 것이 오덕(五德)이다."

한마디로 농사로 힘이 들고 출출할 때는 막걸리의 취기가 제일이라는 뜻이다.

주전자에 가득 담긴 막걸리가 주둥이 너머로 넘치지 않게 조심조심해서 자전거를 탔지만, 자갈과 움푹 파진 곳이 많은 고향 길에서는 무용지물이었다. 아무리 정성껏 자전거를 타도 앞바퀴에서 전해져 오는 진동은 고스란히 나의 몸을 흔들었고 종국에는 주전자까지 전달되어 주둥이로 막걸리가 줄줄 흘러내렸다. 땅바닥으로 뚝뚝 떨어지는 막걸리가 아깝기도 하거니와 당최 신경이 쓰여 제대로 자전거를 탈 수 없었다. 할 수 없이 길가에 자전거를 세우고 주변에 사람이 있는지 두리번거리다가 사람이 보이지 않으면 주둥이에 입을 대고 크게 세 모금을 빨아 삼켰다, 꿀꺽꿀꺽 말이다. 그때부터는 어지간한 흔들림에도 막걸리가 넘치지 않아 편하게 집으로 올 수 있었다.

어느 날도 그렇게 자전거를 타고 장터 삼거리에 다다르니 경찰 지서(支署) 정문 옆 게시판의 포스터가 눈에 확 들어왔다. 게시판은 각목으로 다리를 세우고 송판으로 덧대어 비에 젖지 않도록 함석을 잘라 지붕을 만들고 또, 함석의 부식을 막기 위하여 검은 콜타르를 더덕더덕 발라 어지간한 폭우에도 끄떡없었다.

그 포스터를 보는 순간 화들짝 놀랐다. 누군가 내 모습을 지켜보지나 않는지 사방을 두리번거리다 사람이 없는 것을 확인하고 은밀하게 다가섰다. 자전거를 게시판 옆에 세우고 막걸리는 자전거 옆 그래도 평평한 곳을 찾아 땅바닥에 조심스럽게 내려놓고 포스터를 뚫어지게 쳐다봤다. 베레모를 쓴 군인도 멋이 있었지만, 병역의 의무도 필하고 소정의 급여를 매달 준다는 특전에 구미가 당겼다. 제목은 '육군특전부사관 모집'이었다. 무엇보다 숨 막힐 듯이 느껴진 기쁨은 이것이 우리 집을 벗어날 절호의 기회라는 생각 때문이었다. 그것도 단 하루라도 빨리 떠날 수 있는 방법이 눈앞에 펼쳐져 있었다. 이판사판 군대 가야 될 나이도 되었으니 금상첨화였다. 도랑 치고 가재 잡고, 마당 쓸고 돈 줍고, 꿩 먹고 알 먹고다.

고향 집에 와서 있으니 할아버지와 할머니의 맏손자에 대한 관심과 기대감은 더욱 커져만 갔다. 예의와 도덕을 따졌을 때

버금간다며 이웃집 자녀들과 비교도 하고, 집안의 기둥감으로 여기며 조만간 우리 집을 우뚝하게 세우기를 기대하는 듯했으나 나는 별다른 묘책과 자신이 없었다. 또한 아버지는 줄줄이 성장하고 있는 동생들을 위해 내가 모범적인 형과 오빠의 모습으로 앞서가길 바랐다. 그러나 나는 어른들의 기대로 인해 오히려 이러지도 저러지도 못하는 심리적 발달 장애에 시달리고 있는 것만 같았다. 양순한 양(羊)이 아니라 성장판이 달라붙어 기를 펴지 못하는 좀생이가 된 데에는 어머니가 죽고 새어머니가 들어온 것도 영향이 컸다.

나는 특전 부사관으로 입대할 것을 마음속으로 다짐했다.

'떠나야 한다. 기필코……. 그것만이 내가 살 길이다.'

밥상머리 교육으로 수없이 들었던 이야기가 진저리 났다. 가끔씩 할아버지가 본인의 밥상에 내 밥그릇을 가지고 오라고 겸상을 요구하는 것부터가 가시방석이었다. 그뿐이랴, 할아버지는 잘 구워진 꽁치의 살을 발라 직접 나의 밥숟가락에 올려 주며 한마디씩 했다.

"옜다, 우리 맏손자 이것 먹고 빨리 커야지?"

그러면 나는 늘 몸을 낮추면서 답했다.

"예, 할아버지……."

할아버지는 나의 말을 받아 맞장구쳤다.

"그래야지!"

짧은 대꾸에도 할아버지는 "오냐, 오냐" 하며 사랑과 신뢰감을 동시에 보여 줬다. 그 자리에서 내가 "아닙니다, 할아버지."라고 할 수 있을까? 그렇게 대답했다면 3대가 함께 모인 식사 시간은 엉망이 되었을 것이다. 할아버지는 집안의 임금이었다. 할아버지의 말은 곧 집안의 법이었으며 감히 범접할 수 없는 권능을 발휘했다.

아버지와 어머니가 가정에서 돌아가는 일을 말하면 최종 결론은 늘 할아버지의 몫이었다. 대다수는 대답 없이 듣기만 했다. 할아버지의 대답이 없다는 것은 잘했다거나 무난하다는 표시이다. 그러나 의견이 맞지 않으면 "이렇게 해라, 저렇게 해라."라고 명확하게 할아버지의 뜻을 내비쳤다. 일이라는 게 명확한 것도 있고 배배 꼬인 것도 있기 마련이다. 할아버지는 꼬인 실타래를 풀어가는 상황이 더디거나, 방향이 맞지 않으면 역정을 내고 숟가락을 거의 던지다시피 하고는 휑하게 방을 나가곤 했다. 나가면서 꼭 역정을 냈다.

"그렇게 이야기를 했건만…… 말귀를 못 알아먹어."

아버지는 묵묵부답이었다.

"……."

할아버지가 성을 내면 집안 분위기는 찬물을 끼얹은 것처럼 바뀌었다. 아버지도 나름 할 말이 많은지 입맛을 쩝쩝거리다가 조금 뒤 할아버지 방으로 들어가고, 한참 시간이 흘러 두 사람이 같이 밥상으로 돌아왔다. 아버지는 주로 할아버지를 설득하기 위해 열심히 설명했고 온 식구가 할아버지를 걱정하느라 식사를 못 하고 있다는 말도 곁들였다. 몇 숟가락 뜬 할아버지는 미안했는지 한 마디를 보탰다.

"에헴, 오늘 국이 시원해 입에 딱 맞다!"

'에헴' 하는 헛기침은 권위의 상징이었다.

아버지가 할아버지가 되어서도 그랬다 . 내가 가장 어른이라고 말이다.

'에헴…….'

사람이 먼저다

"현옥아, 빈 도시락 찾아오거라."

아버지가 하나밖에 없는 여동생을 향해 조용히 말했다. 아마도 딸이라서 부엌살림을 잘 알 것이라고 가늠했던 것 같다. 집 안은 쥐새끼 한 마리도 얼씬대지 못하는 적막강산이었고, 분위기는 비라도 내릴 것처럼 저기압으로 눌려 있었다. 웃음이라고는 찾아볼 수가 없었고 대화마저 뚝 끊긴 상태였다. 어린 동생들조차도 심상치 않은 분위기에 이리저리 눈치만 살피고 있었다. 우당탕하고 물건을 떨어뜨리는 소리에 빼꼼히 안방 문이 열리더니 어머니가 창백한 얼굴을 내밀었다. 현옥이가 도시락을 찾는 소리가 신경 쓰였던 모양이다. 어머니는 기어들어 가는 목소리로 말하며 주방 쪽을 턱으로 가리켰다.

"저기, 찬장 속에……."

그리고는 살며시 문을 닫았다.

알루미늄으로 된 사각 도시락은 누렇고 낡아 있었다. 아마도 내가 초등학교 4학년 때부터 가지고 다녔던 도시락 같았다. 뚜 껑으로 덮여 있어 깨끗했으나 아버지는 신문지로 도시락 구석 구석을 닦았다. 그리고는 안방에서 깊숙이 보관하던 돈다발을 가지고 나와 띠지를 뜯은 후 도시락에 차곡차곡 넣었다. 아버지 의 손동작이 얼마나 신중했는지 모두들 숨죽이고 볼 정도였다. 원래 돈이라는 게 중요하다고 알고 있었지만 그 돈은 더 중요한 곳에 쓰일 것임을 아버지의 긴장된 태도를 보고 알 수 있었다. 도시락에 넣은 돈은 여백 없이 꽉 찼다. 미리 도시락 크기를 재 보고 준비한 것처럼 돈다발에 딱 맞게 떨어졌다. 그다음으로 아 버지는 도시락 뚜껑을 닫고서 두 손으로 들고 세차게 흔들었다. 좌우로도 흔들고, 위아래로, 대각선으로도 흔들어 재꼈다. 빈틈 없이 채워진 도시락에서는 소리가 날 리 없었다. 부속을 나사로 꽉 조여 놓은 기계처럼 통 속에서 움직임이 전혀 없었다. 그것 을 확인한 아버지는 다시 현옥이를 불렀다.

"현옥아, 보자기 찾아오너라."

현옥이는 이곳저곳을 다 찾아보고 부엌의 빼다지란 빼다지 를 다 열어 봐도 보자기를 찾을 수가 없었다. 찾지 못해 진땀을 흘리고 있을 때쯤 또 방문이 열리더니 어머니가 또 한 번 턱으 로 가리켰다. 어머니는 잠시 전의 얼굴보다 더 창백해져 있었고 말하기도 힘든 듯 겨우 문고리에 의지하고 있었다. 가리킨 곳 은 찬장과 부엌 벽 사이 틈바구니였고 그곳에 서너 번 접은 보 자기가 여러 장 보관되고 있었다. 현옥이는 아버지가 취향에 맞취 사용하도록 그곳에 있던 보자기 모두를 갖다 주었다. 아버지는 두께가 가장 얇고 크기가 가장 큰 보자기를 집어 들고는 나머지는 제자리에 두라고 했다. 어린 자식들은 돈을 도시락에 넣은 것이며, 또 보자기를 가지고 오라고 한 것에 모두 의아해했다. 그러나 누구 하나 그 궁금증을 직접 물어볼 엄두를 못 내었다. 평상시 아버지에게 응석을 잘 부리고, 아버지 역시 그 응석을 예쁜 짓으로 받아 주던 넷째 현찬이마저 숨죽이고 쳐다볼 뿐이었다. 심상치 않은 모습에 다들 눈만 반짝였다. 우리는 아버지의 손이 요술을 부린다고 생각했다. 아버지는 보자기 천을 방바닥에 펴고는 그 가운데에 도시락을 올렸다. 그리고는 보자기의 가로 쪽 모서리의 한쪽을 도시락 밑으로 넣더니 도시락을 말기 시작했다. 다 말고 나서 밖으로 나온 모서리와 보자기의 바닥을 함께 두껍게 잡고는 어디서 구해 놓았는지 핀침(pin針)을 꽂아 풀리지 않게 했다. 그리고는 엿가락처럼 길게 남아 있던 세로의 두 곳 끝을 잡고는 어깨에 대더니 대각선이 되도록 묶었다. 도시락은 앞가슴에 오도록 하고 우측 옆구리 주변에서 매듭으로 묶었다. 그리고는 일본에서 큰아버지가 보내 주신 두툼한 검은 외투를 걸쳐 입고서 방 안을 이리저리 걸어 다니다가 장롱 거울을 보기도 했다. 무당개구리가 죽은 척하고 발랑 드러누워 붉은색 배를 보여 본래의 녹색을 완전히 변화시키듯이 돈이 도시락 안에 감춰졌고, 그 도시락이 보자기에 싸였으며 외투 속에 들어가 겉으로 표시가 나지 않았다. 그리고는 안심이 되었는지 미간의 주름살이 펴지기 시작했다.

치실 정미소 옆 물터지 논에서 아버지와 함께 마늘 걷이를 하던 어머니는 도저히 힘을 쓸 수가 없어 털썩 주저앉았다. 아버지와 마늘 몇 골을 두고 떨어져 있었고 바삐 일하는 사람을 성가시게 하면 안 되겠다 싶어 그대로 쉬고 있었다. 마음속으로 '괜찮겠지, 괜찮겠지.' 했으나 점점 힘이 빠지고 몽롱해져 앉아 있기도 버거워서 그만 마늘 고랑에 누워 버렸다. 한참 일하던 아버지가 오줌이 마려워 허리를 폈다. 턱이 있는 논둑을 찾아 시원하게 볼일을 보고 되돌아오는데 어머니가 보이지 않았다. 방금 전에 곁에서 함께 일을 하고 있었는데 말이다. 두리번두리번 살펴보니 어머니가 쓰러져 있지 않은가! 아버지가 허겁지겁 고함을 질렀다. 우리 남매들은 캐 놓은 마늘을 논둑으로 옮기던 중이었다.

　"현태야, 현도야. 저기 물 주전자 갖다다오. 빨리, 빨리……."

　아버지의 다급한 목소리에 무언가 큰일이 생겼다고 생각했다. 우리는 그것이 하늘이 무너지는 일보다도 더 위중한 일임을 직감했다.

　"예."

　아버지는 우리가 가져온 물 주전자를 건네받고 어머니 입술로 물을 흘려 넣었다. 그리고는 손바닥에 물을 적시더니 어머니 이마를 쓰다듬었다. 어머니는 손가락을 꼼지락꼼지락하더니 곧 정신을 차리고 상체를 일으켰다. 아버지는 모든 일을 내버려 두고 어머니를 들쳐 업고는 냅다 종종걸음으로 집을 향하여 갔다. 할아버지와 할머니는 방 밖으로 나와 놀란 토끼 눈으로 아버지에게 업힌 어머니를 쳐다보고 있었다. 모두의 시선이 어머니를 향해 있었다. 어머니는 곧 기운을 차려 옷을 툭툭 털고 일어났다. 마음속으로는 논에서 아버지 등에 업힌 것이며, 바쁜 철에 일도 못 하도록 짐이 된 것이 미안했다. 또 할아버지와 할머니를 놀라게 해서 쥐구멍에라도 들어가고 싶은 심정이었다. 그래서 아버지를 타박하며 괜히 볼멘소리를 했다.

"갈증이 나서 잠시 논고랑에서 쉰 건데…… 이 난리를 쳐요?"

어머니의 말은 안중에도 없이 아버지는 걱정스러운 모습으로 언성을 높였다.

"갈증은 무슨 갈증, 내일 당장 읍(邑)내 의원에 가 봐야 되겠다."

그러자 어머니는 손사래를 치면서 말했다.

"의원은 무슨 의원! 하룻밤 자고 나면 괜찮을 거예요."

그렇게 말하며 부엌으로 밥하러 들어가면서도 미안한 기색이 가득했다. 농사는 철마다 시기에 맞춰 해야 할 일이 있는데 자신이 도움이 되진 못할 망정 폐를 끼친 것 같다는 생각에 그런 말이 나왔다. 또 마늘 농사를 수확해서 잘 팔아야 우리 자식들의 학비며 운동회 때 필요한 체육복 값, 그리고 농사에 필요한 농약 값, 동네와 친척들의 경조사비까지 1년 치 살림 밑천을 마련할 수 있다는 걸 알기에 몸 둘 바를 몰랐다. 게다가 돈 나오는 데에는 마늘 농사가 최고이기도 했다.

하루를 자고 난 뒤 엄마는 거뜬한 몸으로 아침밥을 일찍 해 먹고 또 마늘 심은 논으로 아버지 뒤를 따랐다. 할아버지와 할머니는 하루만 쉬라고 성화였고 아버지마저 줄곧 걱정스러운 표정으로 하루만 쉬었으면 좋겠다고 했으나 막무가내였다.

어머니가 쓰러진 뒤 3일 뒤였다. 10마지기가 넘는 논에서 캔 마늘을 건조대에 모두 걸어 놓은 날 밤이었다. 어머니가 쓰러진 날을 포함하면 4일간 했던 마늘 추수가 끝나는 날이라 홀가분한 날이었다. 그런데 저녁밥을 먹고 설거지하던 어머니가 부엌에서 갑자기 정신을 잃고 만 것이었다. 넘어지면서 부뚜막에 놓여 있던 함지박을 잡아 바닥으로 와장창 떨어지는 소리에 모두들 놀라 부엌으로 뛰어갔다. 부엌 바닥에 쓰러져 있는 어머니의 양어깨를 아버지가 잡고, 나와 동생 현도가 양다리를 거들어 잡아서 안방에 다급하게 눕혔다. 고향 집에서 응급 처치로 마땅히 할 것이 없어서 할머니가 급히 생강을 갈아서 즙을 입에 흘려 넣기도 하고, 따스한 꿀물을 타서 숟가락으로 떠 넣기도 해서 겨우 정신은 돌아왔으나, 창백하기는 매한가지였다. 어머니 얼굴은 핏기가 하나도 없었으나 마늘 수확을 한다고 논에서 그을린 검은 얼굴이 노란색으로 보였다. 겁에 질린 아버지가 조심스럽게 물어봤다.

"여보, 여보, 여보? 괜찮어……."

"이젠 괜찮아요. 웬 호들갑을 떨고 그래요. 괜찮다니까요!"

어머니는 성가시다는 듯이 눈을 아래로 깔면서 대답했다.

아버지는 안 되겠다고 생각했다. 며칠 전 논바닥에 쓰러진 것이며 오늘 부엌에서 쓰러진 것이, 어딘지는 모르지만 단단히 탈이 났다고 생각했다. 급히 건너 동네 화주리(花周里) 천 씨네 삼륜차를 빌려 타기를 결심하고 자전거에 엉덩이를 얹었다. 재빨리 사립문을 떠나는 모습이 보이더니, 급하게 온 아버지가 뛸 듯이 기뻐하며 할아버지에게 말했다. 자전거 덕분에 시간이 얼마 걸리지 않았다.

"천 씨가 내일 삼륜차에 태워 준답니다. 아버지!"

할아버지도 기뻐하며 아버지의 얼굴을 쳐다봤다. 천 씨의 삼륜차까지 빌려 타야 한다는 것은 우리 집에서 최고로 위급하고 위중한 일이 발생했다는 뜻이었다. 어머니가 몸조차 제대로 가누지 못하는데 어찌 걷겠는가! 게다가 읍내 의원에 가 보려면 하루에 두 번씩 운행하는 버스를 타야 하는데 정류장이 있는 장터까지 가는 것이 문제였다. 할 수 없이 부랴부랴 천 씨네 삼륜차를 빌려 타기로 한 것이었다.

"삼륜차 조수석에 어미를 앉히고 그 곁에 제가 앉으면 된다고 합니다. 천 씨가……."

엄청난 태산이라도 옮긴 것처럼 흥분이 된 아버지는 계속 이야기를 이어 나갔다.

"운전석에 세 명 타기는 좁지만, 기어가 붙어 있는 핸들 주위만 조심하면 운전하는 데 지장이 없대요."

"그래, 잘 되었다. 정말……. 그래, 몇 시에 출발하노?"

마음이 급했던 할아버지는 독촉의 기세를 놓치지 않았다.

"좀 일찍 아침밥을 먹고 우리 집에 차를 대러 온다고 했습니다. 우리도 일찍 밥을 먹어야겠네요."

그다음 날, 새벽부터 일어난 할머니가 아침밥을 준비했다. 호롱불을 밝힌 것으로 보아 컴컴한 새벽에 첫닭이 울고 곧 부엌으로 들어간 듯했다. 시원한 된장국과 입맛에 맞는 반찬 몇 가지가 밥상에 올라 조촐했다. 어머니는 밥을 먹는 둥 마는 둥 하고 모든 일이 귀찮은지 그냥 쉬고 싶어 했다. 어둑어둑한 조용한 시골 동네에 차 엔진 소리가 요란하게 울렸고 이내 삼륜차 한 대가 우리 집으로 들어왔다. 차량의 라이트를 켜고 도착해서는 본인이 도착했다는 신호로 짧게 경적을 빵빵 두 번 울렸다. 차 한 대 없는 시골 동네였기에 엔진 소리만으로도 충분히 차가 왔다는 것을 알 텐데 혹, 경황이 없어 못 들을까 봐 빨리 채비해서 나오라고 신호를 보냈다. 차 소리에 가장 먼저 뛰어나간 사람은 아버지였다. 아버지가 운전석에 다가서자 차 라이트에 그림자가 변소 쪽으로 길게 흔적을 보이면서 늘어졌다.

"아, 이 사람아. 일찍도 왔네. 들어가서 아침이나 한 술 뜨시게?"

황급하게 손사래를 치면서 천 씨가 내답했나.

"아닙니다. 아침밥을 먹고 왔습니다. 빨리 챙겨서 나오이소."

천 씨는 아버지보다 네댓 살 아래로 아버지에게 깍듯하게 대했다.

"그래, 알겠네……."

아버지는 빨리 떠나야 하는 것이 최고로 위중한 일임을 알고 있기에 후다닥 방으로 몸을 돌렸다.

삼륜차에 몸을 실은 어머니는 모기만 한 목소리로 천 씨에게 인사했다.

"새벽부터 분주하게 해서 죄송하이더."

운전대를 조작하면서 천 씨가 대수롭지 않게 대답했다.

"아입니더. 몸이 많이 불편한가 보지요?"

"무단이 피곤하고 그렇네요. 밥도 못 해서 어머님이 했니더."

어머니는 기운이 없어 기어들어 가는 소리로 대답을 하면서도 자꾸 몸이 기울어졌다. 삼륜차가 털털거리며 이리저리 쏠린 탓도 있었지만 몸 가눌 기운도 없었다. 그때마다 아버지는 팔로 감싸며 어머니의 몸을 꼿꼿이 세워 등받이에 기대게 했다. 운전석 쪽으로 기울면 천 씨에게 방해가 되기 때문이다. 풀풀 먼지가 나는 자갈길이지만 삼륜차는 덜덜거리면서 잘도 갔다. 냇가를 건널 때는 흐르는 물결을 가르면서 내리막, 오르막을 잘 달렸다. 우마차가 자주 다녀 물속의 모래와 자갈을 많이 다져 놓은 덕분에 별 탈 없이 잘 넘어갔다. 냇가 주변은 수양버들이 바람에 일렁이고 띄엄띄엄 서 있는 개복숭아는 동전만큼 커져 있었다. 손이 빠른 집은 이미 논에 모내기를 해 놓기도 했지만 대다수는 이제 모심기를 하려고 어린 모를 찌느라고 정신이 없었다. 비록 다급하게 의원에 가는 길이지만 신작로에서 본 들판에는 제법 볼거리가 있었고, 넓은 세상이 보여 기분이 좋았다. 의원에 도착하여 듣게 될 의사 선생님의 진단은 어찌 되더라도 마음만은 뻥 뚫렸다. 차창 밖 풍경을 보고 있으니 이대로 여행이라도 가고 싶다는 생각마저 들었다.

읍내 의원에 도착한 어머니는 한참을 기다려 진료를 받았다. 읍내에서 하나밖에 없는 의원일 뿐더러 용하다는 소문이 입을 타고 퍼져 인근 읍에서까지 많은 환자가 몰려와 대기하고 있었다. 어머니 순서가 되자 의사 선생님은 청진기를 가슴과 배 부분에 대 보며 말했다.

"숨을 크게 들이마시고 멈추세요."

숨 쉴 기운도 없었던 어머니는 죽을힘을 다해 의사 선생님의 지시대로 했다. 의사 선생님이 이번에는 등 쪽으로 청진기를 옮겨서 대략 여섯 번 정도 더 진료를 하고는 어머니와 아버지를 번갈아 보면서 말했다.

"큰 도시의 큰 병원에 가 보세요. 여기서는 자세하게 검사할 의료 장비가 없어 확실한 병명을 알아내기가 어렵습니다."

그러면서 원기를 돋우기 위해 임시방편으로 링거액을 어머니 팔에 꽂아 줬다. 큰 병원으로 가라는 말에 기분이 찝찝했으나 어찌할 방도가 없었다. 약 기운이 혈관으로 퍼지기도 전에 어머니는 잠이 들었다. 밥도 못 먹고, 의원까지 오느라 차에 시달리고, 또 그전까지 마늘 논에서 노동했던 피곤함으로 인해 잠을 청했던 것 같다. 잠들어 있는 모습이 천진난만하여 마치 어린아이 같았다. 팔에 연결된 링거액 줄만 없으면 환자 티가 전혀 나지 않는 어머니였다. 온종일 들판에서 일한 탓에 그을린 검은 얼굴이 약간 붉게 변하면서 혈색이 돌아오고 있었다. 어머니가 주사를 맞는 동안 아버지도 침대 옆 의자에서 꾸벅꾸벅 졸았다. 새근새근 잠자고 있는 어머니를 보면서 본인도 긴장감이 풀어져 한참을 존 것이다. 그러다 크게 고개를 떨구면서 번쩍 잠을 깬 아버지는 다시 의사 선생님이 했던 말이 떠올랐고 신경이 쓰였다.

"큰 도시, 큰 병원으로……."

고개를 흔들면서 부정하고 싶었다. 큰 병이 아닐 것이라 믿었다. 스스로 쪼잔하게 깊은 고민을 한다고 책망했다.

"큰 병이면 어떡하지? 밥은 어머니가 하면 되고, 막내 현성이는 형들이나 누나가 봐 주면 되는데 저 농사는 누구와 같이 하지……. 농사가 가장 큰일이네!"

혼잣말로 중얼거리면서 다른 한편으로는 큰 병원에 가 봐도 의사가 나쁜 소리는 하지 않겠지, 라고 생각하며 위안 삼았다. 삼신할머니가 우리를 내려보며 돕고 있고, 또 좋은 운명이 가정을 지탱하고, 아버지 스스로 좋은 팔자를 타고났다고 믿었다. 서너 시간 정도 주사를 맞은 어머니는 멀쩡한 사람처럼 건강을 되찾았다. 언제 정신을 잃었던가 싶을 정도였다.

그다음 날 모내기 준비로 물터지 논으로 가는 아버지를 따라나서는 어머니 때문에 집안이 웅성거렸다. 아버지는 당연했고 할아버지와 할머니까지도 입을 모아 하루만이라도 쉬면서 몸을 돌보라고 성화였다.

"환자가 무슨 들에 가노. 하루만 더 쉬어라!"

말이 떨어지기가 무섭게 어머니가 말했다.

"어제하고 그제 이틀씩이나 쉬었으면 됐습니다."

할머니가 역정을 내며 말을 가로막았다.

"안 그래도 네 시아버지와 내가 논에 가서 손을 보태려고 했다. 모심기가 늦어진 것도 있지만, 어미가 하루 더 쉬라고 말이다.”

“어머니, 괜찮습니더.”

어머니는 그렇게 말하고서 뒤도 쳐다보지 않고 앞서서 못자리가 있는 물터지 논으로 바람처럼 가 버렸다. 물론 어리지만 우리 7남매도 같이 따라나섰다. 다섯째 현우와 여섯째 현진이가 가장 장난이 심했다. 초등학교 5학년인 현도는 뚝심 있게 할아버지 곁에서 일을 도와 할아버지와 할머니로부터 칭찬을 많이 받았다. 여동생 현옥이는 감자를 삶고 미숫가루를 물에 타서 중참으로 내오고 어머니가 해야 할 일을 대신 해 줬다. 심부름 손이 부족하면 현찬이가 누나를 많이 도왔다. 어린 손이지만 올망졸망 자식이 많으니 잔심부름도 해 주고 많은 도움이 되었다. 중간중간 아버지는 자식들 이름을 하나씩 부르며 잘한다고 칭찬해 줬다. 장난질로 모가 상할까 봐 걱정이 되어 단단히 꾸지람을 할 때도 있었다. 이 모가 잘 성장해야 이삭이 열리고 그 이삭을 탈곡해서 징미소에서 쌀로 도정(搗精)한 후 그 쌀로 밥을 해야 우리가 굶지 않는다고 세세하게 가르쳤다. 중참을 먹을 때는 땅바닥에 손가락으로 한자로 쌀 미(米) 자를 쓰고 그것에는 팔(八)십(十)팔(八) 번의 수고스러운 과정을 거쳐야 쌀(米)이 된다는 뜻깊은 의미가 숨어 있다고 설명해 줬다. 그리고는 한자의 정기 정(精)과 기운 기(氣) 자 안에는 쌀 미(米) 자가 들어 있듯이 쌀이 우리 인간의 원동력이 되며, 곧 정기와 기운의 기초는 쌀에서 비롯된다고 설명했다. 한(漢)자이기도 했지만 우리에게는 이해하기 좀 어려운 이야기였다. 그럼에도 아버지는 계속 이야기를 이어갔다. 그 외에도 쌀 미(米) 자가 들어 있는 한자 중에서 낱알 립(粒), 끈끈할 점(粘), 죽 죽(粥) 등이 있는데 끈끈한 쌀가루가 물에서 열을 받아 끓으면 죽이 된다는 의미로 모두 쌀 미(米)자에서 시작되었다고 설명했다. 그날 모 찌는 일은 잘 마무리되었고, 물을 가두고 써레질까지 해 놓았으니 이제 동네 사람들과 모심기만 하면 되었다.

결국 어머니를 큰 도시의 큰 병원에 데려가도록 결정했다. 아버지가 선택한 것이 아니라 선택의 여지가 없기 때문에 무조건 가야 하는 상황이었다. 읍내 의원에서 진료한 의사 선생님이 큰 병원으로 가서 진료를 받아 볼 것을 권유했고, 또 어머니가 두 번씩이나 쓰러졌을 뿐만 아니라 무기력한 피곤 증세로 인해 하루하루 생활이 벅찼기 때문이다. 고향 가도실(佳道實)에서 가까운 큰 도시를 꼽으라면 D시(市)가 적절했다. 읍내를 벗어나는 큰 도시는 A시와 D시가 있으나, D시로 가는 버스는 갈아타지 않고 한 번에 똑바로 갈 수 있지만 A시는 읍내에서 한 번 갈아타야 하는 불편함이 있었다. 또, 갈아탄 다음 버스를 한참 기다려야 하는 불편함도 있었다. D시로 가는 버스는 아침저녁으로 하루 두 번씩 운행하여 편했다. 면 소재지 정류장에서 출발하여 마을 입구마다 모두 정차해서 손님을 태우고, 중간에 하차하는 손님을 내려 줘야 하기에 D시까지는 두 시간 남짓 걸렸다.

아버지는 큰 도시에 있는 큰 병원을 알지도 못할 뿐더러 가서 진료를 받아 본 경험도 없어 고민이었다. 어머니는 어떻게든 진료를 빨리 받아야 되는데 말이다. 그렇다고 D시에 친척이나 지인이 살고 있는 것도 아니기에 아무런 방도가 없었다. 캄캄한 어둠 속의 외길을 걷는 것처럼 막막했다. 그 시절의 혼인은 보통 알음알음 동네에서 혼기 찬 남자와 여자를 연결하여 이뤄지던 때라 고향 이외에는 친척이 없었다. 할 수 없이 동네를 수소문하여 D시의 큰 병원에 다녀온 사람 하나를 찾았다. 아침 일찍 아침밥을 먹은 아버지는 자전거에 몸을 실었다. 물어물어 개상골에 살고 있는 오 씨를 찾았다. 마침 들에 일하러 가던 오 씨를 동네 길에서 마주쳤다.

"안녕하시껴. 가도실에서 왔습니다."

개상골의 오 씨가 반갑게 웃으면서 마주해 줬다.

"아침 일찍 먼 길 오셨네요. 무슨 일로……."

"다름이 아니라, D시의 큰 병원에 다녀왔다는 소문이 있어 좀 물어보려고 왔니더."

들판에 가던 반대 방향으로 걸음을 옮기면시 오 씨가 말했다.

"집은 누추하지만 우리 집에서 이야기하시더……."

아버지는 고개를 두리번거리면서 동네의 산세와 들판을 쭉 살피다가 앞서가던 오 씨의 뒤를 따라 집으로 들어갔다. 오 씨는 툇마루를 권했고 그의 아내가 쪄먹고 남았던 통감자 몇 개를 밥 식기에 내놓았다.

"갑자기 대접할 음식이 없어서……. 감자나 한번 들어 보이소. 체하니 먼저 물 한 모금 드이소."

오 씨 아내는 물 한 그릇을 건넸다. 자전거를 타고 왔지만 급한 나머지 온 힘을 다해 페달을 밟았고, 산 중턱을 올라야 하는 오 씨네 집 근처에서 엉덩이를 들고 온 체중을 실어 달렸더니 갈증이 났다.

"고맙습니다."

아버지는 대접을 받아 벌꺽벌꺽 물을 마셨다. 그리곤 손등으로 입을 훔치고 감자 한 개를 들어 입으로 가져가며 말했다.

"아내가 많이 아픈데 읍내 의원에서 큰 병원에 가 보라고 하네요?"

오 씨가 먼 산으로 눈을 돌리면서 말했다.

"우리 집하고 똑같네요, 애쓰니더. 우리는 중학교 다니는 아들이 많이 아파서 똑같이 읍내에 갔더니 큰 병원에 가 보라 캤지요. 지금도 아파서 방에 누워 있습니다."

오 씨는 금방이라도 눈물을 흘릴 것처럼 큰 눈망울이 글썽글썽했다. 돌을 삼켜도 소화시킬 법한 나이의 왕성한 아들이 시름시름 앓고 있으니 그럴 만도 했다. 오 씨는 한숨을 "휴우" 하고 내쉬고 마음을 가다듬고는 이야기했다. 아버지가 궁금했던 큰 병원의 위치와 찾아갈 때의 차량편, 병원 진료비와 며칠 걸리게 되면 필요할 여관비와 밥값까지를 자세하게 가르쳐 줬다.

아버지는 돌아와서 할아버지와 상의했다. 어머니의 병원 진료비와 병원까지 가서 쓸 잡비들이 턱없이 부족했기 때문이다. 개상골의 오 씨에게 들은 이야기를 소상하게 할아버지에게 이야기했지만 차마 돈 이야기는 바로 하지 못하다가 고민 끝에 입을 뗐다. 할아버지는 그렇지 않아도 돈이 부족할 텐데 돈 이야기를 하지 않았다며 골똘히 생각하다가 장롱을 열어서 신문지를 말아 놓은 뭉치를 내놓으면서 말했다.

"이 돈을 써라. 일본에서 너희 큰아버지가 전답(田畓)을 사는 데 보태라며 보낸 돈이다. 사람 살리는 게 먼저이니…….'"

아버지가 연신 죄송하다며 굽신거렸다.

"아닙니더, 그 돈은 넣어 두이소. 제가 어떻게든……. 그 돈이 어떤 돈인데요!"

할아버지는 아버지의 눈을 쳐다보면서 말했다.

"쓸데없는 소리 하지 말고 빨리 넣어라. 큰 병원에 갈 채비나 빨리 서두르고."

아버지는 고개를 숙이면서 신문지에 말아진 돈뭉치를 끌어당기며 말을 이어 나갔다.

"내년 농약 값과 비료 값으로 농협에 예금한 것을 해약해서 쓰고, 부족한 것은 올해 마늘 농사한 것을 담보로 농협에서 좀 빌리려고요."

할아버지는 잘 생각했다며 어미를 먼저 치료해서 살려 놓고 돈 이야기는 천천히 해도 된다고 다독였다.

"사람이 먼저다, 먼저고 말고!"

아버지는 할아버지가 준 돈과 본인이 마련한 돈을 합쳐서 도시락에 넣었다.

고향 가도실(佳道實)은?

가도실은 의성군 안평면에 있는 마을이다.

전통적으로 특산물인 마늘과 자두 농사를 대대로 이어 짓고 있다. 최근에는 비닐하우스로 오이며 생강과 한라봉도 재배하면서 선진화된 농민의 모습으로 앞서가고 있는 마을이다. 또한 2007년 행정자치부 선정 정보화 마을로 운영되고 있기도 하다.

약 440년 전인 1580년에 오씨 성을 가진 사람이 처음 살기 시작하였고 그때부터 가도실 동네가 형성되었는데, 지형이 닭 머리를 닮아서 계두실(鷄頭實)이라고 불렀다. 그 뒤로 사람이 바뀌고 언어도 변천하여, 동네의 길이 아름답다는 뜻의 한자(漢字)인 가도실(佳道實)로 바뀌어 불리게 되었다.

우리 선대(先代)가 가도실에 뿌리를 내린 지는 약 160년 전으로 증조부 때부터다. 1860년경 조선의 철종(哲宗) 임금 시대쯤 된다. 철종은 할아버지, 아버지가 서자(庶子)였으며, 강화도에서 땔나무를 하다가 왕이 되어 힘이 없었다. 안동 김씨 세력의 세도정치 폐단으로 기존의 조선 통치 기강이 무너지고 전정(田政), 군정(軍政), 환곡(還穀)을 관할하는 삼정(三政)의 문란과 콜레라와 같은 질병이나 기근, 수해 등으로 민중의 생활은 피폐해져 갔으며, 결국은 1860년경 최제우가 만든 신흥 종교인 동학과 1862년 진주 민란으로 어수선한 시기였다.

창길동에 살던 증조할아버지는 입이 궁(窮)하여 가도실 동네로 데릴사위에 간택되었고 자자손손 뿌리를 내려 살게 되었다. 아버지는 삼 형제 중 막내로 가도실에서 성장하였고, 큰아버지두 사람은 가도실에서 태어났으나 청년 시절부터 노년까지 일본에서 살다가 그곳에서 생을 마감했다.

가도실에서 동쪽을 바라보았을 때 펼쳐진 들판과 함께 북쪽인 좌측에서 남쪽인 우측으로 흐르는 하천이 안평천(安平川)이다. 외부에서 동네로 들어가는 길이 동쪽에서 시작되고, 가도실 사람들이 앞들이라고 부르는 넓은 들판도 동쪽에 있으니 동네는 동향(東向)이 적절하리다.

앞들은 약 200마지기 규모로 안평천(川)보다 지면이 높다. 그 옛날은 원동기나 전기에 의한 농수 공급이 어려웠던 시절이라 낮은 안평천이 코앞이지만 앞들까지 물을 끌고 가기가 어려웠다. 물 없이는 땅에서 곡식을 얻을 수 없었기에 이래저래 애를 쓰다가 고육지책으로 지면이 높은 상류에서 농수를 찾아 확보하고 수로(水路)를 내서 가도실 앞들에서 생명수를 받으면 되겠다는 지혜를 냈다. 물을 끌어오는 것이 더 시급했으니 그에 소요되는 부역(賦役)과 노동은 다음 문제였다. 농수를 끌어오다가 몸이 부서져도 탓할 거리가 못 된다고 생각했다. 농수 확보의 두 가지 지혜는 북쪽 방향인 하령리 동네 인근의 보(洑) 만들기와 미치골 동네 앞의 안지골의 안지못 축조(築造)였다.

보(洑) 만들기는 금곡리에서 내려오는 물을 하령리 덤밑이라는 곳에서 시작하여 안평천을 따라 갯골 건너 산기슭과 피난골을 연하여 수로를 만들어 앞들 논에 물을 받는 것이었다. 장비도 없는 시절에 삽과 괭이로 약 10리, 4㎞ 떨어진 곳에서 젖줄을 끌어 앞들까지 왔으니 많은 난관이 있었을 텐데 어떻게 해낸 것인지 생각만 해도 아리아리하다. 하령리 동네 하천에서도 보(洑)를 만들었다. 덤 밑의 보보다 더 일찍 만들어졌지만 점점 쓰지 않아 없어졌다.

높은 곳에서 낮은 곳으로 흐르는 물의 대원칙을 지켜야 한다. 큰 바위가 가로막으면 깨뜨리고 부수든지, 아니면 바위를 돌아서 새로 물길을 만들어야 하며, 계곡 지역은 지면이 낮아 흐르던 농수가 모두 손실되니 돌과 흙으로 쌓아 돋운 후 수로를 만들어야 했다. 다른 방법으로 북쪽 약 5리, 2㎞ 떨어진 안지골의 안지못(池)에서 젖줄을 끌어 수로를 만들었으니 동민들의 끈기와 슬기를 엿볼 수 있는 관수 시설(灌水 施設)이다. 치농치수(治農治水)의 명언이 이런 곳에 적용되리라. 그렇게 많은 정성과 노력으로 일궈 놓은 넓은 앞들을 지금은 중앙 고속도로가 생겨 둘로 갈라놓아 안타깝다. 고향은 개인의 역사 이전에 모두의 정신적인 기틀이며 울림이다. 댐의 건설로 대를 이어 살아오던 고향이 수몰되어, 옛 고향이 있던 곳의 물 위만 뚫어질 듯이 쳐다보고 그리워하는 실향민의 심정을 백분 이해하며 더할 나위 없이 안타깝다.

나는 중학교와 고등학생 시절 종종 봇(洑)일을 하러 나간 적이 있었다. 아버지가 아프거나 바쁜 일이 생기면 나를 대신 보냈다. 집안사람이 부역을 나가지 않으면 장정 하루 일당에 해당되는 노임을 치뤄야 하기에 그 돈이 아까워서라도 한 명씩은 일하러 나가야 했다. 봇일은 힘을 써야만 하는 일이었다. 큰 돌을 옮기거나 물속의 자갈과 모래를 퍼서 봇둑을 보강하든지 유실이 된 수로를 보수하기 위해서였다. 통상적으로 봇일과 관련된 부역은 동네의 의견을 모아 이장(里長)이 앞장서서 관리했다. 그날도 아버지 대신에 내가 봇일을 하러 나갔는데 이장이 나를 따로 불렀다.

"현태야! 이리로 와 봐!"

고개를 들어 쳐다보고 이장이 나를 부르는 것을 알아차리고는 급히 가까이 갔다.

"불렀니껴? 이장님."

이장은 바지 주머니에서 돈을 꺼내며 말했다.

"부역은 어른들의 일이라 너는 힘이 부치고 거치적거리니 술도가(都家) 가서 막걸리나 사 와라, 막걸리 두 말……."

나는 알겠다고 대답하면서 돈을 받았다. 술도가는 약 10리 떨어진 박곡 2리 장터에 있다. 가는 길에는 자갈이 많고 웅덩이가 파여 혼자 자전거 타기도 버거웠다. 막상 막걸리 두 말을 싣고 오는 데 만만하지 않았다. 통 속의 막걸리가 출렁거려 자전거 중심 잡기가 어려웠으며 설상가상으로 앞바퀴가 웅덩이로 들어가면 넘어져 버렸다. 막걸리가 실렸으니 넘어지지 않으려고 안간힘을 썼으나 더 심하게 넘어졌다. 내가 다치는 것보다 뒤에 실린 막걸리가 쏟아지지 않는 게 중요했다. 넘어져 무릎이 까지기도 했으나 아랑곳하지 않고 자전거 일으켜 세우기를 반복했다. 까진 무릎에서는 피가 났지만 마땅히 응급조치할 것이 없어서 흙을 발랐다. 피가 나는 곳에 봉긋이 흙을 바르고 하령리 덤밑의 보까지 막걸리를 싣고 왔다. 피가 흐르는 무릎을 본 이장은 놀라며 말했다.

"조심해서 자전거를 타지 않고……. 많이 다쳤네?"

나는 대수롭지 않게 말했다.

"괜찮니더. 그래도 피가 많이 멎었니더."

이장은 이리저리 뭘 찾더니 약쑥을 한 움큼 뜯어서 돌로 찧어 피가 흐르는 나의 무릎에 대고는 넓은 칡잎을 덮고는 칡 줄기를 낫으로 반으로 갈라 부드럽게 한 후 무릎에 칭칭 감아 주며 말했다.

"불편해도 좀 참아라. 곧 피가 멎을 거다."

이장의 말대로 곧 지혈이 되었다. 그리고는 이곳저곳에서 어른들이 부르면 쫓아가 잦은 심부름을 하면서 하루를 마쳤다. 그렇게 촌놈이 좌충우돌하며 살아온 삶의 경험이 특전 용사가 되는 데 많은 도움이 되었다. 불에 달궈서 두들기면 더 강해지는 쇠처럼, 이런저런 고생이 나의 반듯한 삶에 기여하게 되었다.

가도실 마을에서는 가도실 앞의 하천을 '서답나들'로 불렀으며 그게 곧 안평천이다. 빨래의 사투리인 '서답'을 하러 나들이하는 곳이라는 뜻이 배어 있다. 그곳은 우리들의 사시사철 놀이터였다. 봄이면 버들강아지 꺾어 피리 만들어 불고, 여름이면 헤엄치고 겨울이면 썰매를 타는 놀이터였다. 또 심심하면 물고기를 잡고, 그 자리에서 매운탕을 끓여서 먹고는 반쯤 먹었을 때 국수나 라면을 넣어 다시 끓여 먹으면 물고기의 깊은 맛과 고추장 맛이 깃들어져 일품이었다.

안평천에서 바라봤을 때 가도실(佳道實) 좌측으로 큰 들판 열 마지기를 지나 우측 계곡으로 들어가면 치실 동네가 있다. 왕성할 때는 백여 가구 정도가 살 정도로 큰 마을이었다. 가도실과 치실 동네를 가르며 바람을 토닥이는 작은 산을 강대 바위라고 부른다. 강대 바위 아래 치실 정미소(精米所) 우측부터 가도실 앞들 사이의 들판을 물터지라고 부르는 논까지가 가도실 동민들의 토지이다. 가도실에서 우측으로 약 5리, 2km까지는 얕은 산으로 둘러싸여 있으며, 산 아래 안평천의 흐르는 물을 막아 씨앗을 넣고 싹을 틔워 수확을 하는 농토들이 다닥다닥 붙어 있다. 그 산을 돌아서 가면 큰 계곡이 나오는데 그곳이 안지골과 안지못(池)이다. 안지못은 만수 시 약 30마지기 規모가 될 정도로 넓은 저수지다. 가도실과 안지골로 이어지는 중턱 산은 피난 골로 불리는데, 한국 전쟁 때 동네 사람들이 잠시 피난을 가서 생사의 고비를 맞았던 곳이기 때문이다.

마을 뒷산의 정상은 6.25 전쟁 때 포병 부대가 점령하였다 하여 포대산(砲隊山)이라 불렸으며 높이는 약 350미터이다.

그 포대산을 바라보면서 마을 쪽으로 내려오는 우측 계곡을 큰골, 곰나무골, 닥밭골이라고 부르는데 골짜기와 밭뙈기가 층층이 있고 동네와 인접하여 채전(菜田)으로 가꾸어 그 농작물을 밥상에 올려 허기를 면했던 곳이다. 닥밭골은 문종이로 주로 사용하는 한지를 만드는 닥나무밭이 있어 그렇게 부르게 되었다. 닥나무 껍질은 부드러우면서 차져 팽이채로 사용되었다. 닥나무 채의 껍질에 둘둘 말아 던지면 떨어지면서 돌아가는 팽이를 침 바른 닥 껍질로 치면 좌악, 짝 소리가 났다. 그 통쾌함과 손으로 전해오는 전율을 느끼며 팽이를 쳤다. 팽이 끝에 쇠구슬을 박으면 마찰이 줄어 잘 돌아갔다. 그 구슬을 주우려고 파출소 옆 자전거포 주위를 얼쩡거리다 챙겨오곤 했다.

또 닥나무 껍질로 끈을 만들어 쓰기도 했는데 살짝 말린 닥나무 가지를 가마솥에 쪄 껍질을 벗기고 펴서 말린 후 적당한 굵기로 찢어 물에 축인 닥 껍질은 질기고 부드러운 가느다란 끈이 되었고, 그 끈을 굵기별로 꼬아 쓰면 더욱 질겼다. 나일론이나 화학 끈이 나오기 전에는 그것이 최고였다.

포대산 좌측으로 내려오면서 넙덕뚝이라는 둔덕에서 소에게 풀 먹이기를 많이 했고, 그 아래는 봉시남지골, 솔잿등, 인동골이라 불렸으며, 인동골에는 인동초(忍冬草)가 많아 지명이 되었고, 나머지 유래는 생존자의 기억에서 사라졌다.

으슥한 여름밤이면 동네 형들이 인동골 부근에서 하모니카를 불었다. 북풍한설에도 잎이 시들지 않고 떨어지지 않는다는 인동굴에서 하모니카 소리는 더욱 운치가 있고 멋스럽게 들렸다. 이런저런 곡을 불어 젖혔지만 그중에서도 '나의 사랑 클레멘타인'은 어둠의 숲길과 어우러져 나의 가슴이 빠져들게 만들었다. 중학생이라 사춘기였고 어머니가 이 땅에 없어 늘 휑했다. 나도 모르게 눈물이 났다. 그냥 스르륵 눈이 감기듯이 주르륵 눈물이 흘렀다.

가슴속에 꽁꽁 묻어 둔 어머니의 체취가 상상 속에서 떠올랐고, 새록새록 추억에 담긴 어머니를 생각하며 울었다. 하모니카 소리와 함께 울었다.

"엄마, 엄마……."

울면서 하모니카의 그 반주에 맞춰 옹알거리며 따라 불렀다.

넓고 넓은 바닷가에 오막살이 집 한 채
고기 잡는 아버지와 철모르는 딸 있네
내 사랑아 내 사랑아 나의 사랑 클레멘타인
늙은 아비 혼자 두고 영영 어디 갔느냐

막 울고 있는데 동생 현도가 방문을 빼꼼 열면서 들어왔다. 나는 황급히 손등으로 눈물을 훔치고는 태연하게 울지 않은 듯이 동생을 맞았다. 내가 먼저 무슨 말을 하려는데 동생이 먼저 말문을 열었다.

"형, 저 하모니카 소리가 듣기 좋지?"

나는 울었던 흔적을 들키지 않으려고 시큰둥하게 짧게 대답했다.

"응……."

현도는 형의 대답에 만족을 못 하였는지 또 말을 이어갔다.

"저 하모니카 소리가 꼭 어머니 목소리 같아!"

동생의 말에 나는 더욱 측은하게 바라보았다. 어린 나이에 자기도 나름 외로움을 꾹꾹 참았으나 또 여린 성격이라 최근에는 더 자주 할머니의 가슴에 대고 눈물로 푸념해 대던 와중에 마침 동네 형들의 하모니카 소리에 나처럼 외로움이 밀려 왔는가 보다. 그 밑으로도 더 어린 동생들이 줄줄이 바라보고 있어 스스로 많이 절제한 현도지만, 역시 혼자 외로움을 삭이기에는 너무 어린 초등학생이었고 그 외로움을 형과 나누기 위해 온 것이었다. 그러나 나 역시 감당할 수 없는 그리움에 울고 있었던 터라 얼마 참지 못하고 곧 눈물이 나왔다. 나는 살며시 동생 현도를 안았고 두 눈에서는 주르륵 눈물이 나왔다. 안긴 현도에게 울컥거리는 모습을 들키지 않으려고 무던히 애를 썼고 현도가 먼저 들썩거리며 눈물을 흘리고 있었다. 더 이상은 가슴이 벅차 숨길 수 없었기에 먼저 소리 내어 울고 말았다.

"엄마, 엄마……. 흐윽……."

나의 울음에 동생 현도도 작은 소리로 엄마를 불러 댔다.

"엄마, 보고 싶어요! 엄마……."

한동안 동생과 나는 부둥켜안고 숨죽여가며 엄마를 부르면서 울었다. 동생들에게 들키지 않으려고 조용하게 슬픔을 억누르며 울었다.

어머니를 일찍 보냈지만 어찌 됐든 구멍 난 가슴을 메우려고 그렇게 울면서 애를 썼고 그 덕택인 줄 몰라도 고향 가도실의 기운과 바람이 나를 청소년으로, 청년과 중년으로 키웠다. 장년의 나이가 된 지금, 외롭게 서 있다. 유년 시절 외로움은 평생 가도 변하지 않고 제자리에 있는 바위 같았다. 할머니의 손맛이 어머니의 것인 양 길들어 자라왔지만 늘 배고픈 듯이 허전함이 맴돌아 실상은 이 맛도 저 맛도 느끼지 못하며 살아왔다. 그러함에도 할머니는 그 바쁜 시간을 쪼개어 부침개며 식혜며 감주 같은 주전부리를 넉넉히 만들어 놓고는 어미 잃은 손주들의 공허함을 채워 주려고 부단히 애썼다. 라디오에서 흘러나오는 별것 아닌 소리에도 멍멍해지고 밤을 부르는 저녁노을을 몸서리나게 싫어하는 아이로 조용하고 내성적으로 성장했고 남에게는 무엇도 드러내질 못했다.

'나의 사랑 클레멘타인'은 미국 전래 동요다. 광부의 딸 클레멘타인이 물에 빠져 허우적거렸지만, 클레멘티인을 좋아하던 남자는 수영을 할 줄 몰라 결국 소녀는 죽게 된다. 클레멘타인을 잃은 남자는 그녀와 닮은 여동생과 교제하며 잊어 보려고 애썼지만 영원히 클레멘타인을 그리워했다는 내용이다.

포대산 너머는 서쪽 방향이다. 포대산을 넘으면 곧 명암골이라 부르던 계곡이 나오는데 동민들이 쇠꼴과 땔감을 하러 갔던 곳이다. 포대산과 명암골 사이에는 가도실 마을의 공동묘지가 있다. 아마도 일제 강점기에 만들어진 것으로 추측되는데 30구

정도의 묘가 조성되었고 콘크리트로 된 대형 문주(門柱)가 잔존한다. 장례(葬禮) 시 온 동네 사람들이 모여 상여(喪輿)를 메고 일부러 명암골의 공동묘지까지 갔다. 일본 경찰의 눈을 속이는 술책이었다. 야간이 되면 다시 지게에 시체를 지고 가도실 인근의 명당을 찾아 몰래 산소를 꾸몄다. 조상들이 후손의 강녕(康寧)을 바라는 수고스러움으로 현재의 번창한 마을로 존재하는 것이리라.

　고향 가도실은 효험 있는 약수터가 곳곳에 있었다. 포대산 너머 명암골에서 치실 동네가 있는 쪽에 옻불탕이라고 불렀던 샘이 있었는데 옻 오른 사람이 씻으면 즉효를 보아 여기저기 소문이 나 많은 사람이 몰려왔으며 특히 박곡 2동 장터에서 많이 찾아왔다. 공동묘지 근처에는 물레이라고 부르던 샘이 있었는데 풀 베고 땔감 마련하던 일을 모두 마치면 갈증을 해소하고 등목하는 식수원과 휴식 장소로 사용했던 곳이다. 물이 솟던 뚝 위에는 팔뚝 정도의 불상(佛像)이 놓여 있었지만 몇십 년 전부터 눈에 띄지 않았다. 동네의 하단 끝자락 산 쪽에는 약물탕이 있어 그 물을 마시면 속병이 나았고, 피부병이 있으면 자주 찾았던 곳이다. 옻불탕과 물레이는 산 정상부에 가까운 곳이고, 동네의 약물탕도 산기슭의 깊은 곳에서 흘러 자정 작용을 거친 깨끗한 물이었다.

　포대산 우측 계곡의 큰골에서 금곡리 쪽으로 소마답이라고 불렀던 평지가 있었는데 동네 소들이 모이고 휴식했던 소 정류장 같은 곳이 있었다. 쇠꼴이나 땔감을 하러 흩어졌다가 일을 다 마치면 이곳 소마답에 모여 소질매에 짐을 묶어 집으로 왔던 유서 깊은 곳이다.

지게는 사람이 짐을 지는 것이라면 소질매는 소가 지는 운반 도구다. 소의 등에 농산물과 여타의 농기구와 두엄을 실어 나를 수 있는 소질매는 사람의 지게보다 많은 양의 물건을 실을 수 있는 반면 우마차보다는 못했다. 그러나 우마차는 도로나 평평한 곳이 있어야 하지만 소질매는 그렇지 않았다. 좁은 논두렁이나 밭두렁과 가파른 산 비탈길 등 소가 다닐 수만 있으면 운반할 수 있어 경사진 밭뙈기에 유용했다. 농업의 기계화로 소(牛)를 이용한 농사가 필요하지 않았고, 땔감에서 연탄으로 채난 방법이 바뀌면서 땔감이 필요하지 않아 서로 연관이 있었던 소마답, 소질매라는 언어도 우리들 곁에서 사라졌다.

포대산 너머는 면 경계(面 境界)로, 좌로부터 비안면 산제리와 사락리, 안사면 중하리, 안평면 금곡리와 접하고 있나. 버스 차편이 흔하지 않았던 시절에는 포대산을 넘어 비안면, 안사면이나 금곡리를 다니는 일이 비일비재했으니, 가도실 동민만이 애용했던 산길이었다.

한국 전쟁 이전에는 산 계곡 쪽으로 마을이 옹기종기 형성되어 있었다. 사람들은 주로 비옥한 강가에 많이 살았지만 가도실 같은 산 계곡에 마을이 형성된 것은 노략질을 피하고 햇볕과 바람 등 자연 환경의 이점을 받는 영향이 컸다. 지금 가도실 마을 회관 근처에는 행상(行喪)을 보관하던 고사집(告祀)이 있는데 그

집을 중심으로 위쪽에 촌락을 구성하고 살았던 이유도 그와 같았을 것이다. 한국 전쟁 이후로는 마을이 고사집 아래까지 내려와 지금 동네 모습으로 가옥들이 들어섰으며, 이 역시 앞들에 드나들며 농사짓기가 편리하다는 접근성이 주효했다.

어두운 밤에 고사집 근처를 지날 때는 몸이 오싹했다. 밤길이라 처음부터 겁을 먹고 움츠려 걷고 있는데 갑자기 '으악' 고함을 치며 놀라게 하는 사람들도 있었다. 하도 겁이 나서 사람 뒤에 숨기도 하고 뒤도 보지 않고 가까운 집으로 뛰어간 사람도 있었다.

우리 집은 증조부(曾祖父) 시절에는 산 계곡에 살다가 1920년경 할아버지가 앞들 부근으로 내려와 집을 짓고 이사를 하여 지금까지 살고 있다.

또 가도실에서 서답나들(川) 건너 창리 동네와 안평 중학교를 연하는 계곡 이름을 소중하게 간직하며 부르는 것은 그곳이 가도실 민초의 삶과 직결되며 전답(田畓)이 가도실 마을 영역임을 나타낸다. 서답나들(川)에 교량이 없던 시절 우기철 장마로 흙탕물이 가슴까지 범람했지만 떠내려가지 않으려고 밧줄로 가슴과 건너편 나무에 묶고 지게로 곡식을 져 나르던 땀과 눈물과 혼이 서린 토지이다. 곡식은 수확철을 놓치면 썩어 문드러져 장꾼에게 팔 수 없으니 어쨌든 집으로 가지고 와 말리고 키질하고 까불어서 장에 가져다 팔아야 돈맛을 볼 때였다. 마을에서 서답나들을 바라봤을 때 창리 동네 가까이부터 구부골, 탑골, 재마지골, 송가지골로 지금까지 불리고 있다.

마을의 중심부에는 동구사라는 동제(洞祭)를 지내는 곳이 있어 마을신(洞神)에게 공동으로 제사를 지내며 무병과 풍년을 빌었다. 또 그 인근에 조그마한 저수지가 있었고, 저수지 가장자리에는 사각의 대형 무쇠 삼솥을 걸어 대마(大麻)의 줄기를 쪄서 가공하여 의복을 해 입었으며 삼베를 팔아 가계 경제에 도움이 되도록 했다.

지금 동네의 느티나무 근처에는 원형 돌로 만든 연자방아가 있었으며 소(牛)를 이용해서 도정(搗精)하여 동민들의 끼니를 잇는 공동 정미소가 있었다.

앞들 가운데는 말의 무덤이 있었으나 유래를 알 수가 없다. 의마(義馬)이거나 생명의 은인일 경우 사체를 묻어 줬던 전례로 가도실 마을과 관련이 있었을 것으로 추측되는데 지금은 고속도로가 들어서면서 그 말 무덤은 없어졌다. 연도를 알 수 없는 시기에 포대산에서 내려오는 물줄기를 동네가 끝나는 곳까지 흐르게 하여 마을의 복(福)이 마을 안에서 퍼지고 마을 사람들에게 골고루 전해지도록 애썼던 공동체 마을이다. 가도실 마을에서 고개만 들면 보이는 중학교는 1952년 한국 전쟁 중에 2학급으로 설립하여 2016년 폐교 시까지 5,826명이 졸업했으며, 송가지골에 인접하였으니 가도실 마을의 일부분이라 할 수 있다.

가도실 동네의 영역은 엄청나게 길고 크다. 포대산 아래 촌락을 형성한 곳뿐만 아니라 10리, 4㎞ 떨어진 하령리의 덤밑 보(洑)와 5리, 2㎞ 떨어진 안지골과 서답나들 건너 구부골로부터 송가지골까지가 생존의 영역이었으며, 치실 정미소 근처의 물터지 논까지도 조상과 자신과 후손의 연명과 번영을 위하여 발 버둥쳤고, 지금도 애쓰고 있는 땅이다.

가도실 동네의 대략적 영역은 120만 평, 6,000마지기로 어느 마을의 토지보다 광활하다. 이 중에는 행정 구역이 다른 동리에 소속된 것도 있지만 생활하고 농사를 짓는 곳까지로 볼 때 가도실 동네의 것은 대략 30만 평 면적의 18홀 골프장 4개 규모와 맞먹는 아주 큰 동네이다.

토지를 개간(開墾)하고 영역을 확장하는 데에 어찌 남녀의 구분이 있겠냐마는 어렴풋이 남정(男丁)네의 수고스러움이 떠올라 의성의 이용섭 시인의 쓴 '아버지의 가을'을 읊조려 본다.

빈 들판을 거슬러
등 굽은 바람 몇 자락
풀먹인 무명두루마기 소리로 휘어지고
옹이 박힌 세월
갈라진 손금마다
억세고 질긴 삶의 동아줄
밤세워 당겨 온 투명한 슬픔들이
빈 항아리처럼 웅얼거리고 있다.
(⋯⋯)

어찌 그뿐이겠는가!
나 어릴 때는 놀이 문화가 궁핍했다. 초등학교 시절에 구경거리가 있다면 어디든지 가리지 않고 바삐 따라다녔다. 늦모내기에 죽은 중도 꿈쩍거린다는 옛말처럼 약삭빠른 친구에게 이끌려 여기저기를 다녔다. 그중에 오일장 구경은 으뜸이었다. 3일과 8일에 열리는 고향 장날이면 친구 손에 이끌려 으레 기웃기웃했다. 갑오징어가 나오는 철에는 어물전을 호시탐탐 살피다가 상인이 한눈을 팔면 잽싸게 갑오징어 뼈를 빼내서 도망치곤했다. 그 뼈는 오적골(烏賊骨)이라 하여 지혈 작용에 효과가 있고 조직이나 혈관을 수축시켜 설사를 멈추게 하며, 모공을 수축시켜 땀 분비를 감소시키며, 미생물을 살균시켜 암내 같은 냄새를 줄이는 수렴 작용을 하고 위궤양과 이명(耳鳴)에 효과가 있다.

소에게 먹일 풀을 베다가 낫으로 손가락을 쳐 출혈이 낭자할 때 갑오징어 뼛가루를 뿌리고 움켜잡고 있으면 곧 지혈이 되었다. 그때 우시장은 하루 이백두(貳百頭) 이상의 소 이까리가 말뚝에 묶길 지경이었다. 농사일에 힘쓸 줄 아는 소를 고른다고 골똘하는 모습과 서래가 성사되어 그 자리에 쪼그려 앉아 한 뭉치의 돈다발을 세는 모습은 나에게는 경이롭게 다가왔다.

장이 파(罷)하면 다음 장소인 대밭골 동네로 갔다. 왕자표 검정 고무신으로 자갈을 차면서 조잘대며 장난을 치며 그곳으로 갔다. 치실 동네의 열 마지기 들을 지나 말구리 동네 앞을 지나 그곳으로 가서 한참을 기다리면 마차 십여 대가 달가닥거리며 팔고 남은 장 물건을 마차에 가득 싣고 내일 도리원장에 가기 위해서 걸음을 재촉하는 모습을 볼 수 있었다. 우리가 기다리는 것은 더꿉말레이라고 부르는 둔덕을 넘어가는 말구르마의 장관

(壯觀)을 보는 것이었다. 더꼽말레이 100미터 전에 태산같이 짐을 실은 마차 십여 마리가 일렬로 기다리며 숨 고르기를 한다. 출발하기로 마음을 먹으면 첫 번째 말부터 평탄한 신작로에서부터 탄력을 붙여가며 뛰기 시작하여 그 여력으로 더꼽말레이를 넘어가는 광경이 일품이었다. 때로는 정상에 못 미쳐 끙끙대는 말도 생겼다. 마차가 경사지 아래로 곤두박질치면 말도 같이 미끄러져 다치니 큰 낭패가 되는 것이다. 그때는 장정들이 달라붙어 힘을 보태어 정상에 다다르도록 했다. 한 대 한 대 더꼽말레이를 넘어갈 때마다 구경하던 우리들은 박수를 치며 환호해댔다. 실컷 구경하면 배가 고팠다. 그곳에서 조금 더 걸어가 원도옥 마을의 외갓집으로 가면 외숙모는 반가이 맞이했고 철마다 수확하는 과일이며, 껍질을 까지 않은 찐 감자를 주었다. 물도 마시지 않고 게 눈 감추듯이 그 자리에서 몇 개를 해치운 후 가도실에 도착하곤 했다.

몇 해 뒤 고향 동네에 전기가 들어오고 흑백 텔레비전으로 본 서부 영화의 마차 행렬이 고향 대밭골 더꼽말레이를 넘던 것과 비슷하다고 생각했다. 오일장 말구르마를 추억으로 시를 쓴 대밭골의 김규탁의 글이 그 시절을 떠오르게 했다.

> 안평 장이 파한 후
> 다음날 도리원 장으로 향하고
> 말구르마 줄 서서 기다리다
> 마부와 함께 뛰어넘던

벼랑 같던 언덕 아래

물길이 돌아 나가던

난생처음으로 개헤엄을 익히던

고향의 비르끝 마을의 더꿉말레이를 추억하고 있었다.

대밭골은 대나무 밭이 있었다 하여 지명이 그리 되었고, 석통
(石桶)은 돌로 된 소죽 통과 비슷한 모습의 동네라고 해서 붙여
진 이름이다.

지명은 역사이고 민초(民草)의 삶을 같이한 혼(魂)이며, 내일
의 후손에게 물려줄 무형의 자산임에 틀림없다. 가도실과 가도
실을 이루고 있는 동네를 포함하여 곳곳의 지명이 그러하다.

나는 잠이 오지 않는 밤이면 슬며시 가도실의 앞들로 종종 갔
다. 그리곤 그 들판 정가운데를 찾아 서서 담배를 꺼내 불을 붙
인 후, 몇 모금 빨아 당겨 폐 깊숙이까시 휘젓고는 하늘로 내뿜
었다. 회오리 같은 지난 시간이 목을 휘감고 나서 떠나면 그냥
눈물이 흘렀다. 사방에는 아무도 없었으며, 간혹 동네 후배의
비닐하우스만 달빛에 반사되어 나의 눈물을 주시할 뿐, 쌩쌩 달
리는 고속도로의 승용차는 나의 요동치는 마음과는 아무 상관
없이 그들이 가야 하는 길을 달리고 있었다. 내가 이제껏 달려
온 것처럼 말이다. 우여곡절이 많았던 가정사와 호락호락하지
않았던 나의 삶이 주마등처럼 지나가고, 환갑(環甲)을 지나 고희
(古稀)를 바라보는 지난 격정의 시간들이었지만 순간순간 잘 견

려온 스스로를 위안해 본다.

　나와 같이 성장하면서도 늘 허전했고, 마음 한구석에 빛이 들지 않아 정서가 부족했으나 그러함에도 반듯하게 성장해서 가정을 이루어 또 자식을 낳아 키우고 있는 동생들이 주마등처럼 지나갔다. 코 흘리며 함께 포대산이며, 서답나들이며, 송가지골에서 추억을 쌓았던 동네 친구들이 떠올랐고, 국가와 국민을 위해 목숨을 바치겠다는 각오로 훈련에 매진했던 전우들도 떠올랐다. 그리고는 주저앉아 흐느껴 울었다. 엉엉 울었다.

　"엄마, 엄마⋯⋯. 낳아 주신 어머니, 키워 주신 어머니!"

　마음이 요동치며 흐느꼈다.

　"아! 흐흐흐⋯⋯."

　그곳 가도실(佳道實) 들판에서 말이다.

엄마 죽지 마!

D시의 큰 병원에 왔다.

기진맥진한 어머니를 부축해서 병원 안으로 들어섰지만 어디가 어딘지 알 수 없어 막막했다. 북적거리는 중에 누구라도 붙들고 물어보고 싶어도 어느 사람에게 물어봐야 좋을지 몰랐나. 어머니를 부축하기 위해 겨드랑이에 넣은 손에 점점 무게가 더해져 왔다. 어머니는 혼자 힘으로 서 있기조차 힘이 들어 아버지에게 매달리고 있었다. 아버지가 어쩌지 하면서 급한 마음을 추스르고 있는데 마침 고개를 숙이고 청소하는 아주머니가 보였다. 편안하기도 하고 만만하기도 했다. 다가가서 말을 붙였다.

"실례합니다. 시골에서 아내가 아파서……. 잘 몰라서 그런데요……."

청소원은 환한 미소를 보내면서 따스한 말투로 말했다.

"예, 처음 오셨군요. 저기 수납처 있죠? 가서 아픈 곳을 말하면 진료과를 정해 주고 돈을 내라고 할 것입니다. 저쪽으로 가시면 됩니다."

그리고는 손가락으로 한곳을 가리키는 청소원에게 아버지는 생명의 은인을 만난 것처럼 자신도 모르게 연신 고개를 숙이며 절하듯 인사했다.

"고맙습니다. 정말 고맙습니다."

수납처 앞에 도착한 아버지는 어머니를 대기석에 앉혔다. 그리고는 허리를 등받이에 들이밀고는 귀에 대고 살며시 말했다.

"여기서 조금만 기다려. 접수하고 올게."

어머니는 만사가 귀찮은 듯이 힘없는 표정을 지으며 고개를 끄덕였다.

수납처 앞에는 많은 사람이 줄을 서서 자신의 차례를 기다리고 있었다. 아버지는 두리번거리다가 줄이 가장 짧은 곳을 찾아 섰다. 아버지 앞에는 두 사람이 서 있고 한 사람은 접수 중에 있었으니 모두 세 명이 있었다. 온통 생소한 것밖에 없으니 아버지는 머뭇거리다가 앞사람의 어깨를 살짝 건드리며 말을 걸었다.

"이 줄이 아픈 곳을 말하면 진료과를 정해 주는 곳입니까?"

앞사람은 고개를 돌려 아버지를 보며 무표정한 얼굴로 대답했다.

"저도 처음 와서 잘 모르지만, 그렇다고 합니다."

아버지는 천만다행이라고 생각하며 마음이 편안해졌다. 그리

곧 앞사람의 뒷통수에 대고 절을 하면서 또 고맙다고 했다.

수납이라고 쓰인 간판 아래에 유리로 된 칸막이가 있었고 그 아래는 반원으로 뚫어 놓아 서류나 돈을 주고받도록 되어 있었다. 유리 칸막이 너머 젊은 아가씨는 아버지를 보고는 아무 말도 하지 않고 눈만 말똥말똥 쳐다봤다.

아버지가 더듬거리며 아가씨에게 먼저 말했다.

"읍내 병원에서 큰 병원에 가 보라고 해서 왔니더……."

그 아가씨는 무표정하게 어디가 어떻게 아프냐고 물었다. 아버지는 침착하게 이야기했다.

"마늘 논에서 마늘을 캐다가 쓰러져서……."

수납처 아가씨는 눈을 내리깔면서 바빠 죽겠는데 한가한 소리를 한다며 볼펜의 뒤쪽으로 책상을 딱 치면서 다시 말했다.

"어디가 어떻게 아파서 왔냐고요?"

그제서야 읍내의 의사 선생님이 간에 탈이 난 것 같다고 말한 것이 생각났다.

"간(肝)이라고……. 큰 병원으로……."

알겠다는 듯이 2층 101호로 가라며 돈을 내라고 했다. 주머니에 든 돈을 확인해 보니 얼마가 부족했다. 그 자리에서 앞가슴의 도시락을 열 수도 없어서 이러지도 저러지도 못하고 얼굴만 붉어졌다. 아버지의 표정을 보고는 아가씨가 목소리를 높여 말했다.

"왜, 돈이 없어요. 병원 오시면서 돈을 안 가지고 왔어요?"

아버지는 얼른 그 아가씨의 말을 막으면서 대답했다.

"아니요. 돈을 아내가 가지고 있어서……. 받아서 오겠심더."

아버지는 뭘 잘못한 사람처럼 연신 얼굴을 붉히며 젊은 아가씨에게 몸을 조아렸다. 또 아버지는 어머니에게 다가가 잠시 화장실을 다녀오겠다고 귓속말로 이야기하고서 화장실을 찾았다. 큰 병원의 화장실은 깨끗했다. 고향 집의 안방보다도 더 깨끗해서 누워도 되겠다고 생각할 정도였다. 그런 생각도 잠시, 얼른 빈칸을 찾아 들어가서 외투를 벗었다. 벗은 외투는 하얀 세숫대야처럼 생겨 물이 담긴 사기그릇의 뚜껑을 닫고 그 위에 올려놓았다. 빨리 도시락을 풀어 돈을 끄집어내야겠다는 생각이 앞서니 마음이 더 급해졌다. 수납하는 젊은 아가씨의 날카로운 시선이 떠올랐다. 그 아가씨의 마음을 불편하게 하면 오늘 아내가 진료를 못 받을 수도 있겠다는 생각이 퍼뜩 들었다. 경황없이 부스럭거리는데 밖에서 노크를 해 댔다.

아버지는 물건을 훔치다 걸린 사람처럼 당황해서 노크에 대답했다.

"예……. 아…… 사람 있습니다."

아버지의 말소리에 문밖에서 노크하던 사람이 옆 칸으로 옮겨 가는 발소리가 들렸다. 또다시 마음이 조급해졌다. 도시락 뚜껑이 부딪히는 소리를 죽여가면서 최대한 빠른 시간에 돈 한 묶음을 꺼냈다. 도시락에 든 돈 한 묶음이 얼마인지 기억하고 있었지만 또 맞는지 한 장 한 장 셌다. 넣을 때 기억했던 금액과 틀림없었다. 속으로 수납비며, 아직 점심을 먹지 못해서 아내와 같이 사 먹을 밥값이며, 그리고 어느 정도 여유가 될 돈이라고 생각하면서 일부만 주머니에 쑤셔 넣었다. 그리고는 주머니 밖에서 서너 번 만져 보고 돈이 주머니 깊숙이 들어간 것을 확인하고 다시 도시락의 뚜껑을 닫고 보자기로 싸서 어깨에 묶었다. 빨리 수납하러 가야 된다는 생각으로 총총걸음으로 걸었다. 앞가슴의 도시락은 한 묶음 꺼낸 돈의 빈 공간으로 인해 출렁출렁 움직였다. 신경 쓰였지만 알루미늄 속의 돈을 누가 빼내 가겠는가? 아무리 눈 감으면 코 베어 가는 도회지라지만 도시락 속에 든 돈이라고 생각하니 든든했고 걱정할 필요가 없었다.

아버지는 다시 수납처에 가서 긴 줄을 서서 차례를 기다렸고 쌀쌀맞은 젊은 아가씨와 맞닥뜨렸으며 잘 세지도 못하는 많은 지폐를 지불하고 종이 한 장을 받아 들고 2층 101호로 올라갈 수 있었다. 어머니와 함께 진료실을 찾으면서 수납처에서 준 종이를 읽어 보니 어머니 이름과 생년월일이 쓰여 있었고 진료란에는 내과라는 말과 담당 의사의 이름이 전부였다. 잠시 스치는 생각으로, 내가 이 종이 한 장을 받기 위해서 참 여러 곳을 빙빙 돌아서 왔구나 싶었다.

이토록 아버지 앞에 닥친 생소한 일들에도 아버지가 그 고충과 고난을 꼭 극복해야 한다고 강한 의지를 보인 것은, 들에서 일하던 어머니가 쓰러졌을 때부터 시작되었다. 대수롭지 않게 생각하고 읍내 의원에 들렀더니 큰 도시의 큰 병원으로 가 보라고 했다. 그래서 연중에 가장 중요한 일인 모심기도 내팽개쳤으며 아버지 본인에게 닥치는 어떠한 어려움과 인격 모독이라도 감내하고자 했다. 오직 어머니의 병을 완치하여 고향으로 돌아가 논과 들에서 같이 일하며 수확의 기쁨을 누릴 수만 있다면 말이다.

　"급성 간암(肝癌)입니다."

　보호자인 아버지만 남으라 하고 어머니를 진료실 밖으로 내보내고는 의사 선생님의 입술에서 나온 말이었다. 그 말을 듣는 순간 아버지는 몽롱한 꿈속으로 들어가는 듯이 아무 생각이 없었다. 꿈속에서 큰 쇠망치를 들고 있는 사악한 마귀들이 아버지의 뒤통수를 때리는 것같이 띵하기도 하고 어질했다. 아무 말을 못 하고 어안이 벙벙한 아버지를 바라보며 의사 선생님은 한마디를 더 했다.

　"환자를 집으로 모시고 가서, 맛있는 거 잡수시게 하고 푹 쉬게 하세요. 그리고 약을 처방해 줄 테니 하루에 세 번씩 식후에 드시고요."

　뜻밖으로 의사 선생님의 말이 너무 단출하여 의아스럽게 생각한 아버지는 당황하며 더듬거리면서 되물었다.

　"저…… 거…… 그러니까……."

　아버지가 심적으로 충격을 받아 말문이 막혔다는 것을 알아차린 의사 선생님은 고개를 아버지 얼굴 쪽으로 밀어 거리를 좁힌 후 조용한 억양으로 차분하게 설명했다.

　"간(肝)은 1.2kg~1.5kg으로 가장 큰 장기인데 몸으로 유입된 여러 가지 유해한 것을 무해한 것으로 바꿔 주며, 몸에 흡수된 여러 가지 영양분을 사용할 수 있도록 합성하고, 노폐물들을 처리할 수 있도록 하며, 체내의 혈당을 일정하게 유지하고 성 호르몬의 균형을 이룰 수 있도록 조절하며, 독성이 생길 수 있는 암모니아를 해롭지 않은 물질로 바꿔 줍니다. 뿐만 아니라 몸의 면역 기능을 하고 있어 간의 기능이 떨어지게 되면 여러 가지 병이 생길 수 있지요."

의사 선생님은 계속 말을 이어갔다.

"그 간에 급성으로 암이 퍼져 생존할 가망이 없습니다."

의사 선생님의 긴 설명에 아버지는 모두 이해할 수는 없지만 굉장히 중요한 기능을 하는 간(肝)에 세포 분열에 의한 악성 종양(惡性腫瘍)이 어머니 간에 쫙 퍼져 있다고 이해되었다. 그리고 곧 죽게 된다니 정신이 혼미하고, 멍하게 눈만 껌벅거리고 있다가 이러면 안 되겠다 싶어 정신을 차리고 물었다.

"의사 선생님?"

아버지는 차분한 어투로 말하며 의사 선생님을 노려봤다.

그리고는 어리숙한 시골 사람이 아니라 도회지에서 닳고 닳은 장사치처럼 따지듯이 물었다.

"그렇게 중요한 간(肝)에 치명적으로 암 덩어리가 퍼져 위급하다면 그 환자를 고쳐줄 생각을 하셔야지요?"

의사 선생님도 물러서지 않았다.

"가망이 없습니다. 늦었습니다."

아버지는 살기를 띤 눈으로 노려보며 또 불렀다.

"의사 선생님?"

의사 선생님은 더 냉정했다.

"제 손에서 떠났습니다. 집으로 모셔 가세요. 아님 다른 병원으로…….""

아버지는 애걸하다시피 말했다.

"의사 선생님, 그런 말을……. 어떻게라도…….""

의사 선생님은 아버지의 눈을 피해 인접의 빌딩 옥상을 바라보며 말했다.

"저는 의사로서 해 드릴 수 있는 말은 다했습니다."

아버지는 이판사판 악이 받쳐 이성을 잃고 말았다.

"뭐, 데리고 가라고…… 씨발. 내가 여기까지 아내를 어떻게 데리고 왔는지 알기나 해, 네가 의사냐? 씨발."

말끝마다 욕을 했지만 그 의사 선생님은 예상이나 한 것처럼 무덤덤했다. 마치 아버지가 욕을 하면서 덤비기를 기다렸던 사람 같았다. 많은 보호자와 막판까지 가는 대화를 많이 한 탓에 이골이 나 있었다. 아버지는 씩씩대다가 제풀에 기가 죽어 곧 조용해졌다. 그리고는 고개를 떨구었다.

정적을 깨더니 의사 선생님이 다정한 목소리로 아버지를 불렀다.

"보호자님. 모든 것을 이해합니다. 의사인 저도 괴롭습니다. 환자의 생명을 누구보다 더 소중하게 다루는 의사인데 그 심정을 왜, 모르겠습니까."

폭풍우는 기다려야 잔잔한 물결이 되는 법이다. 의사 선생님은 예상한 대로 아버지에게 몰아친 폭풍우가 잔잔해지길 기다렸고, 아버지도 아무 말이 없었다.

"······."

의사 선생님은 책상에서 메모를 하더니 그 종이를 들고 일어서면서 말했다.

"환자를 집으로 모시고 가고, 혹 저의 도움이 필요하면 이쪽으로 연락하십시오."

아버지는 아무 일 없었다는 듯이 의사 선생님에게 코가 바닥까지 닿게 절을 하고 나왔다.

상기된 얼굴로 진료실을 나온 아버지에게 어머니가 궁금해서 나직한 목소리로 물었다. 기진맥진하기도 했지만 보아 하니 돌아가는 일이 심상찮게 느껴져 의아스러웠다. 의사 선생님과 긴 시간을 이야기한 것도 그렇고, 간간이 아버지의 고함이 밖으로 흘러나와 어머니의 귀에 들렸기 때문이다.

"의사 선생님이 뭐래요?"

아버지는 아무렇지도 않다는 듯이 시치미를 떼면서 말했다.

"약 시어준 것 잘 먹고, 푹 쉬면 곧 농사일 힐 수 있대."

어머니는 무엇인가 수상쩍고 숨기는 것 같아 계속 물어봤다.

"그 이야기를 하는데 그렇게 긴 시간이 걸렸어요?"

아버지는 덜컥 겁이 났지만 어떻게든 이 순간을 모면해서 어머니를 안심시켜야 된다는 일념밖에 없었다.

"큰 병원에 오기도 쉽지 않으니 이래저래 궁금한 것을 내가 다 물어봤지."

기력이 떨어져 말할 힘도 없는 어머니였지만 본인과 관련된 일이라 물러서지 않았다.

"그런데 왜, 당신이 의사 선생님에게 욕을 하고 그랬어요?"

순간 여기서 아버지가 물러서면 결국 어머니가 본인의 병명을 알게 될 테고 그러면 삶의 의지가 꺾여 더 빨리 큰일이 생길 수도 있겠다는 생각이 들었다. 순간 버럭 화를 내며 언성을 높여 말을 이어 나갔다.

"우리가 어리숙한 촌놈이라고 병원비에 바가지를 덮어씌우잖아. 그래서 화가 났지! 그런데 읍내 의원에 없는 신장비 검사비가 비싸더구먼……. 아버지가 논 살 돈까지 주셨는데……."

아버지가 화를 내더니 시무룩해져 더 이상 물어볼 수 없는 상황임을 깨달은 어머니는 빨리 집에 가서 쉴 생각만 떠올랐다. 나른하고 피곤한 게 힘이 하나도 없었고 눕고 싶은 생각뿐이었다. 빨리 가서 약을 먹고 잠이나 푹 자야겠다고 생각하며 아버지의 부축을 받으며 일어섰다.

고향 정류소에 도착하니 어머니는 파김치가 되어 축 늘어졌다. D시 큰 병원에서 수속과 진료로 시달렸지, 병원을 나와 콩나물시루 같은 시내버스를 타야 했고, 고향으로 향하는 하루에 두 번 운행되는 완행버스를 한참 기다리기까지 했다. 성치 않은 몸으로 도로 위에서 허비한 시간들은 어머니에게 고통이었다. 물론 빨리 고향 집으로 데려가기 위해서 아버지가 택시를 잡아 흥정했지만 엄청나게 돈을 불러 감당이 안 되어 할 수 없이 완행버스를 타기로 결정한 것이다.

버스에서 내려 아버지는 어머니를 들쳐 업었다. 몇 걸음 떼지 않았는데 자꾸 미끄러져 등에서 허리로 내려갔다. 힘이 빠진 어머니의 손이 아버지의 목덜미를 잡아야 할 텐데 그렇게 하질 못했다. 아버지는 이렇게 해서 오늘 중으로 가도실에 도착하기는 힘들다고 생각했다. 빨리 집에 가서 어머니를 눕혀야 되기도 했고, 눈 빠지게 기다리는 할아버지와 할머니에게 큰 병원 다녀온 소식을 전해야 했기 때문이다. 할 수 없이 평소부터 형 아우 하며 지내는 동생네 집으로 가 리어카를 빌렸다. 바닥에 가마니를 깔고 리어카 문짝에 어머니가 등을 기대게 했다. 자갈길에 좀 덜커덕거려도 한결 수월했다. 자갈을 피한다고는 했지만 자갈이 타이어에 부딪칠 때마다 몸이 흔들렸고, 그때마다 어머니는 말은 못 하고 입술을 깨물고 미간을 찌푸리며 괴로워했다. 아버지는 그때마다 "아! 미안해요."와 "미안."과 같은 말을 연거푸 하면서 몸 둘 바를 몰랐다. 서답나들(川)의 물은 리어카 바닥을 넘치지 않을 정도였다. 아버지는 징검다리에 이르자 리어카 손잡이 옆 부분을 잡고 밀면서 나란하게 나아갔다. 시원한 냇물이 리어카 타이어를 가르면서 청량감으로 답답했던 아버지의 마음을 조금이나마 풀어 줬다. 병원을 다닌다고 왔다 갔다 하는 그 사이, 앞들은 모가 많이 심어졌고 여기저기서 모심기하는 사람들이 보였다. 만나는 사람마다 어머니를 걱정하며 안부를 물었다. 그때마다 아버지는 큰 병원의 의사 선생님이 했던 말을 그대로 옮겼다.

"의사 선생님이 맛있는 거 먹고 푹 쉬면 낫는다고 약을 처방해 줬니더."

고향 동네에 이미 어머니가 큰 병원에 진료를 받으러 갔다는 소문이 퍼져 있었다. 집에 도착하니 할아버지와 할머니가 방에서 맨발로 쫓아 나왔다. 리어카에 축 처져 앉아 있는 어머니를 보고 할머니가 눈물을 글썽이며 아버지에게 말했다.

"아비야. 큰 병원 다녀온다더니 어미가 왜 저러노?"

아버지는 방으로 들어가서 이야기하자며 일단 안심을 시키고 어머니를 안아 방으로 들어갔다. 담요를 깔고 어머니를 뉘었다. 그제서야 정신을 가다듬은 어머니가 어렵게 눈을 떠 쳐다보면서 입을 열었다.

"죄송합니다. 의사 선생님이 맛있는 거 먹고 푹 쉬면 낫는다면서 약을 처방해 줬으니 곧 나을 깁니다."

어머니의 말이 떨어지게 바쁘게 할머니가 말을 받았다.

"아비야? 맞나, 어미 말이…… 맞냐고……?"

아버지는 먼저 할아버지를 쳐다보고는 할머니를 향하여 대답했다.

"맞습니다. 의사 선생님이 그렇게 말했습니다. 곧 괜찮을 것입니다."

아버지의 설명에 그제야 안심을 한다는 듯이 고개를 끄덕이며 할아버지가 입을 열었다.

"그러니 안심은 간다만 병원에 갔던 어미 몸이 왜 저러노?"

아버지가 할아버지의 질문에 대답하려는데 할머니가 먼저 말을 했다.

"이래저래 객지에서 차에 시달려서 그렇지, 뭐!"

궁색해서 어떻게 말할까 고민했던 차에 할머니의 말로 아버지는 천군만마를 얻은 듯이 기뻐하며 말을 이어갔다.

"어머니 말씀이 맞습니다. 길도 처음인 데다, 차는 많지요, 저도 정신이 없었는데 저 사람은 더 했을 겁니다. 이 사람 쉬도록 건너가이소."

할아버지와 할머니가 자리를 뜬 뒤에야 우리 7남매는 어머니 주변에 쪼르르 모였다. 막내 현성이가 어머니 겨드랑이를 파고들었다.

"엄마, 아파? 많이⋯⋯?"

기력도 없고 정신이 없어 눈을 감고 있던 어머니는 사력을 다해 병기(病氣) 있는 손으로 막내의 얼굴을 이리저리 쓰다듬으면서 사랑을 전했고, 나머지 여섯 자식도 어머니 손을 잡거나 다리를 주물러 주면서 하루빨리 완쾌되어 웃으면서 대화하는 가족이 되도록 염원했다.

시간이 갈수록 어머니는 입술이 파래지고 얼굴은 흡사 진흙 같이 검어졌다. 기력이 없어 마당 귀퉁이에 있는 화장실도 겨우 다녔다. 어떨 때는 동생 현옥이나 현찬이의 부축을 받으며 다녀올 때도 많았다. 어머니는 회복해야겠다는 일념으로 하루 세 번씩 약을 빼먹지 않고 꼭 챙겨 먹었다. 할머니는 장터의 한의원에 들러 간에 좋다는 약 몇 첩을 짓고 또 간에 좋은 약초가 무엇인지, 어떻게 먹으면 약발을 받는지 물었다. 그리고는 가도실 동네 포대산 넘고, 서남나들 건너 구불골과 탑골을 이 잡듯이 샅샅이 훑었다. 한의원에서 배운 간에 좋다는 약초란 약초는 죄다 캐거나 줄기를 동강 내어 집으로 가져왔으며 그중에는 엉경퀴, 벌나무, 오가피, 헛개나무, 인진쑥 등이 있었다. 엉경퀴는 항산화 성분인 실리마린이 함유되어 간 손상을 막고, 그 외 이뇨와 해독, 소염 작용을 하며 어혈을 풀어 주고, 벌나무는 손상된 간의 온도를 정상으로 회복시키며 수분이 잘 배설되게 하여 간을 지키는 데 좋으며, 독성이 없고 잎과 줄기, 가지, 뿌리 등 모든 부분을 다 약을 쓸 수 있다고 했다. 오가피는 간세포 손상을 막고 이미 손상된 간세포 조직을 빠르게 회복시키며 간 기능을 강화시키고, 헛개 열매는 간에 쌓여 있는 독소를 해독해 주고 각종 질환 예방에 좋고 숙취 해소로 피로 회복 및 활력을 찾는 데 효능이 있으며 인진쑥은 간에 무리가 덜 가게 하고 염증 유발 물질을 억제한다고 들었다. 할머니는 한글을 모르지만 고향 아낙들과 봄나물을 캐러 갈 때 구전(口傳)으로 이런저런 약초의 성분을 들었던 터라 한의원에서 이야기한 것으로도 곧 가늠할 수 있었다.

그렇게 온 가족이 관심과 정성 어린 간호를 했지만 어머니는 점점 더 쇠약해져 갔으며, 이에 걸맞게 아버지는 혼자 마당 구석에서 담배를 피며 고민하고 생각하는 시간이 많아졌다. 하루는 늦은 밤에 화장실에 다녀온 후 줄담배를 피웠다. 그날따라 총총한 별들이 눈송이처럼 쏟아져 내리던 밤이었다. 간간이 긴 한숨을 쉬면서 별들을 쳐다보고 있는데 마침 화장실을 가려던 할아버지와 마주쳤다. 할아버지를 본 아버지는 몹쓸 짓을 하다가 들킨 사람처럼 화들짝 놀라면서 담뱃불을 허리 뒤로 감추었다. 할아버지는 조용하게 말을 걸었다.

"아비야? 나 좀 보자."

그리고는 묵묵하게 방으로 들어가서 이부자리를 밀고 앉았다. 할아버지와 아버지가 방으로 들어오니 덩달아 할머니도 일어나 같이 앉게 되었다. 할아버지의 낮은 음성의 중압감을 느꼈는지 호롱불도 세 사람의 눈동자를 충실히 밝히고 있었다. 먼저 할아버지가 입을 뗐다.

"아비야. 왜! 어미가 차도가 없느냐?"

아버지가 흠칫 놀라면서 대답했다.

"예. 큰 병원에서 의사 선생님이 약만 먹으면 호전될 것이라고 했거든요?"

할아버지는 아버지의 대답을 믿지 못하겠다는 듯이 또 따지며 물었다.

"그러함에도 너는 왜, 담배를 자주 피우노?"

아버지는 점점 대답이 궁색해서 고양이에게 쫓기는 쥐마냥 아무런 대답을 할 수 없었다. 이 기회를 놓치지 않으려고 할아버지의 추궁은 계속되었다.

"아비야. 숨기지 말고 모두 말을 해라. 그래야 힘을 합쳐 대책을 강구할 것 아이가?"

대답할 틈을 주지 않고 할아버지는 계속 이야기했다.

"어미의 병색은 더 짙어지고, 너는 더 고민을 하는 것 같고……?"

묵묵부답이던 아버지의 입술을 향하여 할아버지와 할머니의 시선이 집중되어 있는데 갑자기 아버지의 어깨가 들썩였다. 그러더니 점점 그 감정이 격해지면서 방바닥에 엎드려 대성통곡을 하는 것이었다. 흐느끼면서 아버지는 할아버지의 질문에 대답했다.

"아버지, 아버지……?"

할아버지는 짧게 대답했다.

"그래……!"

할아버지는 아버지의 감정이 가라앉도록 한참을 기다려 줬다. 눈물을 닦으며 일어나 앉은 아버지는 혀로 입술에 몇 번 침을 발랐다. 할아버지와 할머니는 애가 탔다. 무슨 말을 하려고 이렇게 뜸을 들이는가 하면서 아버지의 입술만 쳐다봤다. 잠시 침묵이 흘렀고 아버지가 입을 열었다. 그리고는 엄청스러운 말을 토해냈다.

"저 사람이 곧 죽는답니다. 애들 엄마가 곧 죽는대요."

그 말을 하고는 또 대성통곡을 했다. 여태껏 꽁꽁 동여맨 동아줄이 툭 끊어진 것처럼 말이다. 거대한 댐이 터져 일순간에 막아 두었던 물이 쏟아지듯이 온 집안 떠나갈 듯이 소란스러웠다. 할아버지는 무슨 뚱딴지같은 소리를 하느냐며 믿지 않았고, 할머니는 부들부들 떨었다. 할머니는 말도 되지 않는다는 듯이 경악을 하면서 되물었다.

"뭐라고, 어미가 죽는다고……?"

아버지도 급하게 되받았다.

"예, 어머니. 자식 일곱 명을 남겨 두고 죽는답니다."

할아버지는 가슴을 치며 "하! 참!"이라는 말만 연거푸 외쳤고,

할머니는 아버지보다 더 크게 울어 젖혔다.

나는 잠결에 하도 시끄럽고 누군가 우는 것 같아서 잠에서 깨어났다. 할아버지 방에서 나는 소리가 분명했다. 발뒤꿈치를 들고 소리를 죽여 문 앞에서 귀를 기울였다. 아버지가 하늘이 무너지는 것 같은 엄청난 말을 하면서 할머니와 함께 크게 울고 있었고, 할아버지는 본인의 가슴을 두들기며 원통해 하고 있었다. 나도 슬펐으나 소리 내어 울지 못했다. 어른들만의 이야기이며 어른들의 울음인데 내가 같이 슬퍼서 울음을 보인다면 엿들은 것이 탄로 나고 그것이 버릇 없는 것으로 여겨질까 봐 두려웠다. 눈물은 그냥 나의 볼을 타고 흘렀고 닦을 여유도 없었다. 어머니가 이 세상에 없으면 외롭고 허전할 것이며, 동생들을 어떻게 보살필까 하는 걱정이 앞섰다. 조용하게 혼자 읊조렸다.

"엄마! 엄마 죽지 마……!"

그냥

어머니가 큰 병원에 다녀와 한 달이 좀 지났을 것이다.

시간이 흐를수록 우리 집 어른들 모두 넋이 나간 사람처럼 멍해졌다. 몸이 아파서 방에 누워 있는 어머니를 빼고 전부가 그랬다. 어머니를 제외한다면 할아버지와 할머니 그리고 아버지가 우리 집 어른인 셈이다. 말수가 줄어든 것은 당연하고 잦은 한숨을 내쉬고 시간만 나면 하늘을 쳐다보며 혼이 나간 사람 같았다. 나는 그 이유를 알고 있지만 비밀을 끝까지 지켜야겠다고 나 스스로 약속했다. 아버지가 할아버지와 할머니에게만 말한 중요한 이야기를 내가 엿들었고, 또 동생들이 알게 되면 충격이 크고 가슴이 아플 것이라는 막연한 생각이 들었다.

나 스스로 그렇게 약속해 놓고도 간혹 가슴이 답답해서 바로 밑 동생인 현도에게는 말할까 하고 몇 번을 망설였다. 어머니 없는 세상에서 동생들과 살아가려면 현도의 도움이 많이 필요할 것 같았기 때문이다. 어떻게 살아갈까를 떠올리면 작은 한숨이 나왔다.

'어머니가 이 세상에 없다면, 없다면……'

어머니의 병세가 눈에 띄게 나빠지는 것을 읽을 수 있었다. 밥도 먹지 못해서 할머니가 끓여 놓은 미음으로 끼니를 잇고 그럴 때마다 아버지나 나와 동생 현도가 함께 어머니 등을 받쳐 줘야 앉을 수 있을 지경이었다. 고맙다고 하든지, 미안하다고 하든지 무슨 말을 해야 되는데 싫을 때만 손사래를 치고 그다음은 묵묵부답이었다. 아무 표현이 없으면 좋다는 뜻으로 모든 식구가 알아들었다. 그뿐만 아니라 어머니가 제일 귀여워하는 일곱째 막내 현성이를 쳐다본다거나 손으로 어루만지며 사랑과 어머니의 정을 표현했던 것이 일주일이 넘은 듯했다. 어머니 자신의 몸조차 주체하기가 힘들고 귀찮아졌고, 쇠약해져 정신마저 왔다 갔다 할 정도였으니 그토록 사랑하던 막내라 하더라도 안중에도 없었다. 간혹은 누워서 배를 잡고 아프다고 고함도 질렀다. 그럴 때마다 아버지는 하루에 세 번씩 먹는 약 봉지 말고 또 다른 약 봉지에서 분홍색 알약을 2개씩 꺼내 어머니에게 급하게 먹였고, 그러고 나서 약 30분 뒤에 어머니는 스르르 잠에 빠져 들곤 했다.

그 약은 일주일 전에 아버지가 시간을 내어 D시의 큰 병원의 의사 선생님을 찾아가 다시 처방받아 온 약이었다. 어머니가 하도 아프다고 고함을 질러 아버지가 자전거를 타고 장터 우체국에 가서 전화 신청을 하여 병원과 통화가 되었으며, 의사 선생님이 병원으로 오라고 해서 받아 온 약이었다. 아마도 통증을 없애 주는 약으로 그 약만 먹으면 어머니는 아무 일이 없었던 것처럼 아프다고도 하지 않고 그냥 잠에 취하는, 참 신통한 약이었다. 처음 큰 병원에 갔을 때 의사 선생님이 전화번호를 적어 주었던 메모를 아버지는 꼬깃꼬깃 접어서 장롱 문을 열고 와이셔츠 종이 박스에 고이 보관해 놓았던 것이었다.

할머니가 손주들을 위해 밥을 준비해 줬지만 모두들 눈만 말똥말똥했지 반찬을 더 달라거나 무엇이 맛있고 맛없다고 음식 타박을 하지 않았다. 어머니가 음식을 만들어 줄 때는 서로 더 먹겠다고 아옹다옹 싸움질을 했는데, 할머니가 차려 준 밥상에서는 입맛에 맞는 반찬을 더 먹으려고 발버둥 치는 경우도 없었으며, 철이 다 든 아이들 행세를 했다.

초등학교 3학년인 여동생 현옥이는 할머니를 도와 부엌 심부름도 하고 마늘도 까 주고 파도 다듬으며 부족한 손을 도왔다. 밥을 다 먹으면 할아버지와 아버지께 마실 물도 대접에 떠 오고 설거지까지 도맡았다. 어머니가 이 세상에서 없어진다면 본인이 해야 할 일을 벌써 알아차리고 보여 주고 있는 것 같아서 마음이 아팠다.

올망졸망한 어린 동생들이지만 어머니가 아프기 때문에 눈치를 살펴가며 모두들 숨죽여 생활했으며 자신들이 성가시게 하면 어머니의 병이 호전되는 데 전혀 도움이 안 된다는 것을 잘 알고 있었다.

평소부터 동생들은 제일 큰형인 나에게 감히 치근덕거리지 않았고, 집안에서 아버지 다음으로 높은 사람 정도로 인식해 줬다. 동생들끼리 싸움을 하다가 내가 "그만해라."라고 하면 눈치를 보며 멀뚱멀뚱 화해할 정도였다. 내가 혼을 낸 적이 없었는데도 형이라기보다는 무서운 선생님 정도로 선을 그었다. 물론 내가 기분이 좋아 보이면 "형아, 형아!" 하면서 재롱을 피웠고, 나는 안아 주거나 머리를 쓰다듬어 주곤 했다. 그래서 나와 대화하고 상의하는 동생은 현도와 여동생 현옥이 정도였다.

이런저런 생각을 하다 보니 어머니 없는 세상은 굉장히 무서울 것 같았다. 꿈에서 무서운 악마가 나타나도 안아 줄 사람도 없고 비 오는 날 부침개를 만들어 줄 사람도 없고 뭐니 뭐니 해도 "현태야, 현태야!" 하며 머리를 쓰다듬어 줄 따스한 손이 없어진다는 것이 가장 허전할 것 같았다. 그래서 현도에게만 곧 엄마가 죽을 것이라고 귀띔해야겠다고 다짐했다.

호시탐탐 기회를 보고 있는데 어느 날 하굣길에 혼자 신발을 질질 끌면서 오는 현도가 보였다. 화주리 동네를 지나 서낭나들 징검다리를 건너서 들길을 가는 것을 보니 집으로 가는 것으로 보였다. 나는 크게 고함을 질러 동생 현도를 불렀고 같이 가자고 했다. 형인 나의 소리를 들었는지 그 자리에 주저앉더니 돌멩이를 주워 땅바닥에 낙서를 하기 시작했다. 내가 다가서자 멀뚱히 쳐다보며 뭐 특별한 것도 없는데 불러 세우냐는 듯이 시무룩했다. 나는 눈치를 살피다가 아주 작은 소리로 현도를 불렀다.

"음…… 현도야……."

나는 그다음에 무슨 말을 해야 되는지 잊어버렸다. 초등학교 6학년이 듣기에는 너무 엄청스러운 말이었기에 머뭇거리게 됐다. 그러자 현도가 힘없는 시선으로 나를 쳐다봤다. 현도의 시선이 마주치는 순간 나는, 나도 모르게 움찔하면서 말이 튀어나왔다.

"아니…… 그냥."

그러자 계속 땅바닥에 낙서를 하던 현도가 관심 없다는 듯이 쳐다보지도 않고 천천히 말했다.

"엄마가 곧 죽는다는 거……?"

나는 소스라치며 현도 옆으로 다가가 앉으려다 멈칫 물러났다.

현도가 낙서를 한 것은 어머니의 얼굴이었고, 입 언저리의 점이 딱 맞는 어머니의 얼굴이었으며 그 위로 현도의 눈물이 떨어지고 있었기 때문이었다. 그 엄청스러운 사실을 언제 알았으며, 왜 형에게는 알고 있다는 사실을 이야기하지 않았냐고 물어볼 겨를도 없이 나의 눈에도 눈물이 쏟아졌다. 나는 현도의 등 뒤에서 목덜미를 끌어안고 엉엉 울었지만 현도는 계속 돌멩이로 어머니의 얼굴만 만지작거리며 소리 없이 눈물을 흘렸다. 두 형제가 들판에서 한참을 울어야 하는 이유가 생겼고, 서로 말을 하지 않아도 이심전심으로 눈물이 나왔다.

"어머니가 곧 죽는다고."

나는 익히 알고 있는 사실이면서도 동생 현도가 입 밖으로 뱉어낸 말을 다시 한번 내 입으로 말하면서 어머니가 곧 죽는다는 사실을 공유했다. 그 엄청난 사실을 동생 앞에서 말함으로써 비밀을 공유한 형제로 인정받고 싶었다. 그로써 어머니가 죽게 되면 그로 인하여 생길, 우리 7남매가 성장하는 데 애로가 될 일들을 동생 현도와 힘을 모아 헤쳐 나갈 수 있다고 믿었다. 서답나들에서 불어오는 바람이 가도실 동네를 거쳐 포대산으로 끌고 넘어갔지만 나와 동생 현도의 외로움과 허전함, 앞으로 닥칠 미지의 세계로 인한 불안함은 데려가지 못했다.

어른들이 모두 들판에 일하러 나가야 할 때면 꼭 나와 동생 현도를 어머니 곁에서 꼼짝 못 하게 했다. 어머니가 용변이 마렵다고 하면 방 안에서 요강을 받쳐 뒤처리를 해야 했으며, 배를 움켜잡고 아프다고 뒹굴면 아버지가 해 주던 것처럼 분홍색 약 두 알을 먹여야 했다. 그리고 더 급한 일이 생겨 우리 형제가 할 수 없는 일이라면 급히 뛰어가 어른들께 알려야 했다. 어머니 곁에 있어도 어머니와 같이 대화를 나눈다거나 우리들이 요강을 받쳐 주어도 고맙다는 말을 들을 수 없는 지경에 이르렀다.

어떨 때는 우리 어머니가 맞기나 한가 싶었다. 학교에 다녀오면 이제 왔느냐며 머리를 쓰다듬고는 따스한 가슴으로 폭 안아 주고, 흘리는 콧물을 치마 끝자락 안쪽으로 말끔하게 닦아 주곤 "우리 현태, 잘생겼네!" 하며 칭찬해 주고, 배가 아프면 밤을 지새워 똥배를 부드럽게 문질러 방귀가 나오게 해 주고, 잠이 안 온다면 팔베개를 한 후 토닥토닥 가슴을 두들겨 주면서 자장가를 불러 줬던 어머니가 아니었던가!

'자장 자장, 우리 현태. 잘도 잔다, 우리 현태. 착한 아이, 우리 현태!'라던 어머니였는데 말이다.

　소변이 마려울 때도 어머니는 말을 못하고 몸을 뒤척이기만 했다. 그러면 우리는 말없이 알아차리고 요강을 가져와 어머니의 양어깨를 부축해서 요강에 먼저 앉히고 그다음에 헐렁한 일바지의 고무줄을 허벅지까지 내려 대소변을 보게 했다. 밥은커녕 미음도 거의 먹지 못해서 뼈가 앙상하게 드러날 정도로 매우 야위어서 가벼웠다.

　하루는 동생 현도와 마당에서 놀고 있었고, 그날도 어른들은 중학교 근처의 재마지골에 들일을 나가고 없었다. 으레 어머니가 누워 있는 방으로 간간이 들어가서 배를 아파하는지, 몸을 뒤척이며 용변을 보려 하는지를 확인했다. 몇 차례 확인을 하고 놀다가 다시 확인을 하러 들여다보니 뭔가 이상했다. 여태껏 보지 못했던 모양으로 어머니는 손을 휘젓고 발버둥을 치고 있었다. 첫눈에 보기에도 어머니가 굉장히 위급하다는 것을 알 수 있었다. 나는 고함을 치며 동생 현도를 불렀다.

　"현도야! 엄마가 이상해, 이상하다고!"

　동생은 후다닥 뛰어서 방으로 들어왔고 발버둥 치는 어머니의 손과 발을 나누어서 주무르기 시작했다. 함께 한참을 주무르다 안 되겠다 싶어서 동생에게 말했다.

　"너는 계속 주무르고 있어. 나는 재마지골 들에 가서 아버지에게 알리고 올게."

　나는 집 밖을 뛰어나가면서 아버지를 목청껏 불렀다.

　"아버지, 아버지! 엄마가 이상해요!"

그냥　　　　　　　　　　　　　　　　　　　　　　　　**89**

나의 다급한 고함 소리에 앞들에서 일하던 동네 사람들이 우르르 우리 집으로 몰려가는 모습이 보였으나 개의치 않고 계속 뛰어갔다. 서납나들을 건너기 전 내리막길에서는 돌부리에 걸려 넘어져 무릎에 피가 철철 흘렀으나 그것이 대수는 아니었다. 그러면서도 계속 아버지를 불렀다.

　"아버지, 아버지! 엄마가 이상해요!"

　손을 흔들면서 달려오는 나의 모습을 할머니가 먼저 봤다. 그리고는 곁에서 같이 일하던 아버지에게 현태가 급하게 뛰어오는 걸 보니 어미한테 무슨 급한 일이 있는 것 같다고 빨리 집으로 가 보자며 호미와 괭이를 내팽개치고 일어나 집 방향으로 뛰어오고 있었다. 일을 하면서도 며느리가 크게 아파 늘 신경은 집에 가 있었던 터에 내가 손을 흔들고 고함을 치며 달려오는 모습을 바로 본 것이었다.

　아버지가 방으로 왔을 때는 동네 사람들이 어머니에게 물을 끓여 먹이고 시원한 물수건을 이마에 얹어 놓고 팔다리를 닦아 주고 해서 급한 불은 끈 상태였다. 어머니도 그런대로 편안한 모습으로 눈을 감고 있었다.

　할머니와 아버지는 연신 동네 사람들에게 고개를 숙이면서 고마움을 표했다.

　"고맙니더, 고맙니더. 이 바쁜 농사철에 만사 제쳐 두고 돌봐 줘서 고맙니데이."

　그 말을 받아 옆집의 오씨 어른이 답했다.

　"이웃 좋다는 게 뭐고. 그래서 이웃이 있는 거지! 안 그래요?

전번에 우리 송아지 낳을 때 현태 아부지 아니었으면 그 소는 죽었니더! 이래 사는 게 이웃이지, 뭐!"

그때 오씨네가 읍내 장에 가고 없는데 느닷없이 일하는 암소가 진통이 오는지 이리저리 왔다 갔다 했다. 그리고는 꼬리를 하늘 높이 들어 송아지가 잘 나오게 하고 있었다. 마침 아버지가 지나가다가 그 모습을 봤다. 대다수 어미 소는 누워서 다리를 쭉 뻗은 자세로 출산하지만 그 소는 초산(初産)이어서 그런지 서서 왔다 갔다 안절부절못했다. 그래도 곧 출산하겠지, 하며 아버지가 근처를 어슬렁거리는데, 조금 뒤에 보니 송아지가 다리만 나와 걸린 상태에서 어미 소가 힘을 못 주고 눈만 껌벅껌벅하고 있었다. 읍내의 수의사를 부르기에도 늦었지만, 그러려면 장터에 있는 우체국까지 가야 되고, 전화를 신청해서 수의사를 불러야 되며, 수의사가 읍내에서 택시를 타고 오면 시간도 시간이지만 왕진비를 포함해서 돈도 만만하지 않고, 또 수의사가 다른 곳으로 왕진을 가서 없을 수도 있겠다고 생각하니 아버지 스스로 어떻게든 해 보는 것이 좋겠다고 생각했다. 어렴풋이 마을에서 어깨 너머로 본 경험을 살려 송아지 다리를 새끼줄로 기둥에 묶어 출산을 도왔고 오씨의 암소는 무사하게 건강한 송아지를 낳았다. 그래서 오씨는 그때를 빗대어 고마웠다는 이야기를 했다.

할머니는 들에서 바짝 애를 쓰며 종종걸음으로 왔고, 급한 일이 잘 넘어가서 그런지 넋이 빠져 두 다리를 뻗어 멍하니 천장만 바라보고 있었다. 곰살갑게 구는 여동생 현옥이는 슬머시 물

한 그릇을 떠 할머니에게 내밀었다.

"할매. 물 한 모금 드이소. 얼마나 뛰어왔는지 이마에 땀 봐라."

할머니는 그렇게 말하며 수건으로 자신의 이마를 닦는 현옥이를 측은하게 바라보면서 쓸쓸하게 웃었다. 초등학교 4학년이면 한참 응석을 부려야 할 나이인데 이 눈치 저 눈치 다 살펴 가며, 할머니까지 챙긴다고 생각하니 속에서 천불이 났다. 슬며시 병석(病席)의 며느리를 쳐다봤다. 말도 못 하고 사경을 헤매는 며느리가 불쌍하기도 했지만 미워서 꼬집기라도 하고 싶은 심정이었다. 줄줄이 엮어져 있는 7남매의 새끼들이 무슨 죄이며, 30대의 젊디젊은 아비는 어떡하라는 것인가를 생각하니 슬퍼졌다. 갑자기 내 팔자는 왜 이런가를 생각하니 눈물이 났다. 펑펑 울고 싶지만 손녀 현옥이도 곁에 있어 울 수도 없고, 현옥이가 가지고 있는 수건을 빼앗듯이 해서 땀을 닦는 척하며 눈물을 닦았다. 언젠가 라디오에서 듣고 외우고 있었던 시가 생각났다.

눈물을 참는다는 것이,
눈물을 흘리는 것보다 더 어렵다는 것임을,
눈물을 참아 본 사람만이 안다.

지금 할머니의 심정을 누구보다 더 잘 표현한 것으로, 그야말로 하늘도 알고 땅도 아는 듯이 울고 싶어도 울 수 없는 심정이었다. 할머니는 그 방에 더 있고 싶지 않았다. 며느리가 누워 있는 그 방이 싫어서 빨리 나오고 싶었다. 그래서 아버지에게 어머니를 부탁하고는 도망이라도 가는 듯이 휑하게 밖으로 나가 버렸다.

"아비야. 너는 어미 곁에 더 지켜봐라. 나는 재마지골 밭에 가서 들일을 마저 끝내고 올게!"

들길에는 후텁지근한 바람이 불어오고 있었다. 들판에는 할머니를 쳐다보는 사람이 없었고, 그러한 사실을 알게 된 할머니는 홀가분해졌고 그제서야 눈물이 났다. 훌쩍훌쩍 소리 내며 울면서 내를 건너 재마지골의 밭으로 갔다.

밭둑에 걸터앉았다. 갑자기 삶에 회의감이 들었다. 호미도 쥐기 싫었다. 저 건너 가도실 마을에 있는 우리 집이 눈에 들어왔다. 그 집 안방에 누워 있는 며느리의 오줌똥을 받아내는 일이 떠올랐다. 동네 뒤 포대산이며 명암골에 동네 아낙들과 봄나물을 뜯던 일도 떠올랐다. 첫 손자를 낳아서 기뻤던 순간들, 또 다시 둘째 손자의 출생으로 환희를 느꼈던 순간들의 흑백 영화가 확 지나갔다. 그런 생각을 하던 중에 할머니도 모르게 흥얼거리며 노래를 불렀다.

> 일 년 천 리 가던 걸음
> 상투 끝이 먼저 앉아
> 전광같이 밝던 눈이
> 뜨고 못 보는 당달 봉사
> 삼단같이 좋던 머리

다부훅 손이 되단 말인가

백옥 같이 희던 살이

검버섯이 피는구나

설대 같이 곧던 허리

질매가지 방불 하다

함옥에는 꽃이 피고

성심에는 씨가 된다

도덕의 씨를 받아

사해 팔방 뿌렸으니

이리 매고 저리 매여

흙 돋우고 물을 주이

잎이 피고 꽃이 피어

가지가지 열매 열어

만년 종자 전해 보자.

동네에서 구전(口傳)으로 전해 오던 〈노인가〉라는 민요를 흥얼거렸더니 가슴이 틔고 또 힘이 생겨 견딜만 했다. 그래서 다시 호미를 잡았고 참깨 포기에 가까이 가서 호미질을 했다. 그렇게 한참 허리를 굽혀 일을 하다가 서산에 해가 기울고 있어 저녁밥 준비로 손녀 현옥이가 어린 손으로 부엌에서 달그랑거릴 모습이 떠올라 흙먼지를 툭툭 털고는 호미를 허리에 차고 재마지골을 떠나 집으로 왔다.

그 뒤로 며칠은 어머니의 병세가 호전되어 간단한 말도 했고,

미음을 거의 먹을 쯤에는 조금 더 달라는 소리를 어둔하게 하기
도 했다. 그리고 막내 현성이의 이름도 부르며 가까이 오라고
했고, 얼굴을 만지고 비비며 눈을 껌벅거리며 사랑을 표시했다.
그뿐만 아니라 7남매의 자식을 돌아가면서 손을 잡아 보거나
눈을 맞추면서 밝게 웃어 주었다. 우리 7남매는 어머니가 곧 예
전처럼 우리 곁에서 웃고 떠들 수 있다고 생각했다.

할아버지와 할머니는 크게 기뻐했다. 특히 할머니는 어떻게
든 음식을 많이 먹여 빨리 원기를 돋아 일어나게 할 속셈으로
어머니 입에 음식을 꾸역꾸역 쑤셔 넣었다. 어머니는 왼고개를
치면서 그만 먹겠다고 했고, 더 먹이겠다는 할머니와 그만 먹겠
다는 어머니가 실랑이를 벌이고 있었다. 어머니가 완강하게 거
부하자 할머니는 토라지며 볼멘소리를 했다.

"아프다고 오냐 오냐 했더니 유세를 하고 난리냐. 그래, 그만
먹어라. 나, 참!"

할머니의 그 말에 어머니는 미안하다는 듯이 슬며시 눈을 감
고 가만히 있었다.

어머니 병세의 호전(好轉)으로 우리 7남매도 웃음이 많아졌
다. 별것 아닌 것에 깔깔거리며 웃고 화색이 밝아진 것은 당연
했다. 어머니 한 사람의 호불호가 온 가족의 화목과 편안한 분
위기를 좌지우지할 정도임을 알게 해 준 좋은 기회였다. 건강을
지키는 것이 한 가정의 행복의 출발점이고 으뜸임을 어머니의
병환으로 깨달았다.

어머니가 아픈 이후에는 공부도 하기 싫고 숙제를 해 가지 않아서 선생님께 혼도 나고 매도 맞았다. 그런 일이 자주 있으니 하루는 선생님이 왜 그러느냐고 따져 물었다. 나는 멀뚱거리다가 그냥 울고 말았다. 그때 옆집에 살던 친구가 당돌하게 일어서더니 선생님께 말했다.

"현태네 엄마가 많이 아픔니더. 아버지는 들에 가시고 현태가 동생과 함께 엄마의 오줌똥을 다 받습니더, 그래서……."

선생님은 잠시 당황해 하더니 곧 태도를 바꾸었다. 온화한 미소와 따스한 손길로 나의 등을 어루만지며 칭찬을 했다.

"현태가 그런 착한 일을 하고 있었는데 선생님이 몰랐네? 미안해서 어쩌지……. 어머니 병간호하면서도 내일부터는 숙제도 짬짬이 해서 학교에 와라, 알겠지?"

선생님의 말이 끝나기도 전에 더 크게 울음보가 터져 버렸다. 서러워서라기보다는 허전하고 외로워서 어딘가 기댈 곳을 찾고 있다가 선생님의 따스한 말 한마디에 걷잡을 수 없이 무너져 버려 눈물이 쏟아진 것이었다. 지금의 따스한 선생님의 손길과 온화한 말이 어머니의 것이라면 좋겠다고 생각하니 더 울음이 나왔다. 선생님은 어머니의 품속처럼 나를 꼭 껴안으면서 토닥여주었다.

어머니의 앓는 소리가 듣기 싫었지만 아버지가 들에 나가면서 동생 현도와 나에게 어머니를 보살피라고 해서 할 수 없이 그렇게 했다. 여동생 현옥이는 어린 나이임에도 어머니를 대신해서 부엌일을 돕고 밥을 지었지만, 그 부담감으로 우울했는지 우두커니 양지 바른 처마 밑에서 골똘히 생각하는 모습을 자주 볼 수 있어 오빠로서 측은했다. 어머니가 아픈 뒤로는 동네 친구들과 어울려도 왠지 무시당하는 것 같고 따돌림과 놀림을 당하는 것 같다는 생각이 들었다. 개중에는 진짜로 그렇게 하는 또래 친구도 있어 혼자 변소에서 운 적도 여러 번 있었다.

할머니, 할아버지의 천 개의 말, 아버지의 정겨운 말 백 개보다 어머니의 따스한 웃음 한 번이 그리웠고 항시 그 따스함을 마음에 품고 싶었다. 어머니가 만들어 놓은 온화한 샘은 아버지의 그 어떤 사랑으로도 메우지 못했다. 늘 배고픈 듯이 허전했고, 늘 옷 입지 않은 듯이 추웠고, 늘 슬퍼서 울고 싶었다. 어머니를 생각하면 떠오르는 시가 있다. 언제 어떤 책에서 읽었는지 기억은 없으나 나는 외우고 있었다.

그냥

엄만
내가 왜 좋아?
그냥

넌 왜
엄마가 좋아?
그냥

그렇다. 나는 그냥 어머니가 좋다. 어머니의 냄새도, 어머니의 웃음도, 어머니가 해 준 음식도, 어머니의 젖가슴도, 어머니의 살결도, 심지어는 어머니의 방귀까지도 나는 좋다. 그런데 요사이 어머니가 아파서 끙끙 앓거나 신음하는 소리는 듣기가 싫다.

그냥 좋던 것에 문제가 생겨 간다.

우리 엄마

곧 하늘에서 벼락이 칠 것같이 위태위태한 나날이었다.

어머니 사지가 마비되고 나서는 모든 어른이 바짝 긴장했다. 밤에 아버지가 변소를 간다고 방문 여는 소리만 들려도 할아버지는 방에서 큰 소리로 아버지의 목소리를 확인했다.

"아비냐?"

할아버지는 고함을 질러 어머니가 이상이 없는 것인지 간접적으로 물었다. 그럴 때마다 아버지는 변소에 간다며 어머니에게 불길한 일이 없음을 대답했다.

이른 아침에 일어나 긴 담뱃대를 물고 집 안의 곳곳을 돌아다니며 살피던 할아버지는 "에헴" 하면서 안방의 안부를 물었다. 안방의 안부라면 병세가 위독하여 누워 있는 어머니의 상태를 말하는 것이다. 아버지는 그때를 기다렸다는 듯이 방문을 열고 밖으로 나가 할아버지와의 대화를 시작했다.

"편안히 주무셨니껴? 어미는 밤새 앓지도 않고 잠을 잘 잤고요, 소변을 한 번도 안 봐 사람을 귀찮게 안 했습니다."

"그런 날도 있어야지. 매일 아프다고 고함을 치면 성한 사람이 살 수가 있나!"

할아버지의 말에 아버지는 겸연쩍게 웃으면서 대답했다.

"현태와 현도가 지 엄마가 부스럭거리면 깨어나 불편하지 않게 해 주니더."

"초등학교 고학년이니 다 컸네? 그래야지."

"형제가 잘 합니더."

"애들이 딱하지, 한참 놀 나이인데!"

"어떡하겠습니껴. 무슨 뾰족한 수가 없잖니껴."

"그래, 말이다."

"오늘은 앞들 논에 김을 좀 매야겠습니다. 어미는 애들에게 맡겨 두고요. 그동안 바쁘다는 핑계로 못 가 봤더니 잡초가 무성합디더."

"그래, 혹시 모르니 자전거를 옆에 두고 김매기 하거라."

자전거를 옆에 두라는 것은 어머니에게 변고라도 있을 때는 빨리 움직여 조치하라는 깊은 뜻이 내포되어 있었다.

앞들은 말 그대로 가도실 마을 바로 앞에 있는 들이다. 들에서 몇 걸음만 옮기면 집으로 갈 수 있다. 그래서 동네 사람들은 앞들에 있는 토지를 소유하고 싶어서 안달이다. 물건이 나오면 돈을 더 얹어 주고도 사고 싶어 줄을 서니 주변의 땅 시세보다 비싸게 거래되었다. 멀리 하령리 덤 밑 마을에서 물을 끌어오지만 그 역사가 오래되어 가뭄이 있어도 거뜬하게 이겨내는 관수 시설(灌水施設)이다.

1967~1968년에 전국적으로 가뭄이 대단했다. 5월에 추풍령 이북 지방 못자리가 말랐고, 천수답이 갈라졌다. 그래서 모심기가 지연되고, 보리는 쭉정이가 반이었다. 서울의 먹는 물도 수압이 떨어지고 일부 동네는 수돗물이 전혀 나오지 않아 추경 예산안을 편성하고 농지세 감면 등의 긴급 지시가 있었지만 앞들의 물 사정은 걱정이 없었다.

물 사정이 좋은 것도 그렇지만 마음이 당기는 것은 일터가 바로 코앞이라 중참을 내오는 아낙의 수고스러움을 한결 수월하게 도와주기 때문이다. 집에서 음식을 해서 머리에 이고, 주전자를 손으로 들고 골짜기마다 다녔던 노고를 생각하면 당연히 가까이 있는 들판이 최고였을 것이다.

할아버지는 사물의 본질을 직관하는 혜안이 있었다.

아버지가 막 앞들에 도착해서 잘 자란 벼 포기를 젖히며 몇 걸음을 떼었을 때, 우리 집에서 소란스러운 기운이 느껴졌다. 그렇지 않아도 집 쪽에 신경을 쓰며 논으로 갔고, 조용한 농촌 마을에 개 짖는 소리가 들리니 좋지 않은 일이 생겼다는 것을 직감하고 걷은 바지를 내릴 틈도 없이 후다닥 자전거 페달을 밟았다.

어머니는 까무러쳐 있었다. 열 손가락 전부를 바늘로 따 피를 내고 몸의 기운을 통하게 했으나 맥박이 아주 간간이 뛰었다.

어머니 곁에 막 도착한 아버지가 "여보, 여보."라고 해도 아무런 기척이 없었다. 옆에 있던 할머니가 따스하게 데운 물을 숟가락으로 입안에 흘려 넣었지만 목으로 삼키지 못했다. 모두 애를 태우며 어머니만 쳐다보았다. 한참 만에 몸의 미동이 있었다. 또 아버지는 막내아들의 이름으로 어머니를 불렀다.

"현성이 엄마, 현성…… 엄마……?"

어머니는 뭔가를 이야기하고 싶어서 입술을 여러 번 오물거리다가 미간을 찌푸리며 용을 쓰더니 사력을 다해 입안에서 말을 굴렸다.

"여보…… 미……안……해!"

아버지는 매우 급한 말투로 말했다.

"미안하기는! 여보, 괜찮아?"

어머니는 또 말이 없었고, 그리고는 또 한참을 기다리다 거의 동시에 얼굴이 편안해지면서, 입술을 들썩거려 알아듣지 못할 작은 소리로 말했다.

"미안……해. 아……이……들……."

그렇게 옹알거리고는 모든 것이 정지되는 듯했다.

아버지와 할머니는 어머니를 흔들면서 불렀으나 대답도 없거니와 살갗이 서서히 차갑게 느껴졌다. 할아버지는 비록 며느리지만 눈을 까뒤집어 동공이 풀어졌는지 살폈고, 어머니 허리 밑에 손을 넣어 허리가 땅바닥에 딱 달라붙어 손이 들어가지 않음을 확인했다. 그리고는 "솜을 찾아오너라." 하더니 콧구멍 앞으로 가져가 콧바람으로 솜이 움직이는지를 보았다. 이렇게 솜으로 죽음을 확인하는 것을 '속광(屬纊)'이라고 했다.

그때 누가 먼저랄 것도 없이 동시에 대성통곡하기 시작했다. 어머니가 죽었다고 말한 사람은 아무도 없었는데 모두 어머니가 막 죽었다는 것을 잘 알고 있었다. 방금까지 숨을 쉬고 있던 사람이 순간 숨을 멈추었다는 것을 한 사람도 빠짐없이 금방 알 수 있는 것이 참 이상했다. 나이가 어린 동생들까지도 어머니가 죽었다는 것을 알았다. 탁상시계만이 그 사실을 모른 채로 오전 11시 30분을 가리켰다.

1968년 8월 11일 11시 30분에 어머니는 죽었다.

어린 7남매를 이 세상에 남겨 두고 매정하게 저세상으로 가 버렸다. 어느 자식 하나 어머니의 손을 벗어나 독립할 수 없는 유아와 아동이라는 사실이 기가 찼다. D시의 큰 병원에서 급성 간암 진단을 받은 후 40일 만에 말이다.

그때 여섯 동생 중 막내 현성이가 겨우 세 살이었으며, 여섯째 현진은 네 살, 현우는 여섯 살, 현찬은 초등학교 2학년, 현옥은 4학년, 현도는 5학년, 나는 6학년이었다. 참 막막했고 동생들이 꿀꿀이 새끼마냥 줄줄이 서서 나를 쳐다보는 것 같았다.

한참을 울다가 어느 정도 진정이 되었다. 먼저 할아버지가 정신을 가다듬고 나에게 동네 이장 집에 가서 어머니가 죽은 것을 알린 후 같이 와 달라고 하라고 시켰다. 친척들과 이장이 합세하여 상의했고 7일장을 하기로 의견을 모았다. 7일장이란 사람이 죽은 지 7일 만에 땅속에 묻히는 것을 말한다고 어른들이 말해 줬다. 할아버지는 조그마한 공책을 꺼내더니 부고장을 주면서 동네 사람을 시켜 읍(邑)에 가서 인쇄를 하고 누런 봉투까지 사 오라고 했다. 아마도 어머니가 큰 병원에서 돌아왔을 때부터 오늘 같은 날이 올 것이라 준비했던 것 같았다.

동네 사람들이 몰려와 일을 나누어 하기 시작했다. 아낙들은 집집마다 밥상과 그릇과 숟가락을 모아서 몰아닥칠 조문객에게 대접할 음식을 준비하였고, 장정들은 차일(遮日)을 치고, 행상(行喪)의 마구리, 대까래, 연 촛대, 상여 뚜껑을 조립해 보고 꾸몄다. 일부 장정은 키우던 어미 돼지를 묶어 목을 딴 다음 소 구루마에 싣고 서남나들의 맑은 물에 털을 뽑고, 내장을 들어내어 분비물을 씻어냈다. 고기는 부위별로 발골하여 앞다리와 뒷다리는 통째로 삶아 서까리에 매달아 놓고 문상객이 올 때마다 베어서 썼다. 돼지 오줌보는 나중에 축구공을 만들려고 동네의 형들이 잘 보관해 뒀다.

동네 사람을 시켜 장터에서 목수(木手) 일을 하는 송 씨를 불러 소나무 관(棺)도 맞췄다. 가격도 적당하고 소나무 목재가 구하기가 쉬워 7일장에도 안성맞춤이었다. 관의 상판과 좌우 측판의 접합부는 쇠로 된 못 대신 나비 모양의 나뭇조각(나비장)을 끼워 땅속에서 모두 썩어 자연의 흙이 되도록 했다.

죽은 어머니를 쑥물로 정결하게 씻기고 손톱, 발톱을 깎고 머리도 말끔히 단장한 후 입에 쌀을 넣는 반함(飯含)이라는 것을 하고서 수의(壽衣)로 갈아입혔다. 여기까지를 일반적으로 습(襲)이라고 불렀다.

저세상으로 갈 모든 준비를 끝내고 소렴금(小殮衾)이라는 이

불로 어머니를 싸서 삼베 끈으로 묶었으며 이것을 염(殮)이라고
불렀다.

　어머니가 묻힐 곳은 중학교 옆 선산의 송가지골이였다. 묘터
는 서쪽에서 생겨나 동쪽으로 흐르는 물줄기의 서출동류(西出東
流)는 아니지만 바람을 잠재우고 물은 얻을 수 있는 장풍득수(藏
風得水)와 산을 뒤에 두고 앞에는 물이 흐르는 배산임수(背山臨
水) 명당에 묻도록 했다.

　7남매의 자식 중에 장남인 나만 머리에 굴건이라는 것을 쓰
고 헐렁한 삼베옷을 걸치고 짚신을 신으라고 했다. 머리에 두르
는 테가 있었는데 짚에 삼 껍질을 감은 둥근 것으로 수질(首経)
이라고 불렀으며, 허리에 매는 동아줄 같은 것을 요질(腰絰)이라
고 불렀다. 그리고 지팡이를 짚고 곡을 하라고 했다. 마침 어머
니가 죽어 마음이 슬펐는데 어른들이 시키는 대로 곡을 하면서
눈물을 흘렸다. 처음에는 맞절을 하고 난 뒤 조문객이 "얼마나
슬프시겠습니까?"라고 물어봐서 뭐라고 대답해야 될지 막막했
다. 울면서도 대답을 해야 되는지 의문스러웠고, 또 슬퍼서 울
고 있는데 슬픈 것을 물어보는 것도 의아했다. 동생들은 울다가
기가 죽어 있는 둥 마는 둥했다. 풀이 죽어 모퉁이에 처박혀 우
두커니 있다가 기운이 빠지면 잠에 빠지고 일어나고를 반복했
다. 외가 쪽 친척 중 한 사람은 우리 7남매를 껴안고 울기만 했
다. 분명 어머니의 죽음을 많은 사람이 슬퍼하고 애통해하였지
만, 죽은 어머니보다 살아 있는 어린 우리 7남매를 더 걱정하는
눈치였다.

며칠이 지났을 때 친척이지만 잘 알지도 못하는 사람이 문상을 왔다. 그리고는 나에게 말했다.

"어머니가 죽었으니 애자(哀子)라고 한다. 한문으로 풀이를 하면 '가엾은 아들'이라는 뜻이다. 그리고 아버지를 잃은 아들은 '고자(孤子)', 고독한 아들이라고 부른다."

나는 어렵기도 하지만 귀에 하나도 들어오지 않았다.

어린 내가 상주라는 자리에서 엄청난 일을 하고 있으며 빨리 이 일이 끝나서 푹 자고 싶은 생각밖에 없었다. 어머니의 죽음으로 너무 어린 나이에 경험하지 않아도 되는 것을 겪고 알게 된 것이 많았다. 그중에는 탄생은 축복이며, 죽음은 슬픔이라는 사실도 알게 되었다.

날이 갈수록 지쳤다.

어머니가 죽은 슬픔보다는 나의 몸이 고단한 것이 컸다. 밤낮으로 조문객을 받아 절을 하고 곡을 했으니 말이다. 어른들이 상주는 정신을 차려야 된다고 말했으나 스르르 눈이 감기고 졸음이 오는 것은 별 도리가 없었다. 빈소에서 꾸벅꾸벅 졸았다. 나는 졸지 않으려고 애를 썼지만 그냥 졸음이 왔다. 어른들은 눈시울을 붉히며 내가 졸고 있는 모습을 안타까워했다. 모두들 "저 어린 것이! 어린 것이!"라고 하며 눈물을 흘리고 가슴 아파했다.

이 땅에서 죽은 어머니가 땅속으로 가야 될 날이 왔다. 초상 때 시체를 장지(葬地)로 운반하는 제구(祭具)인 상여를 상두꾼 20여 명이 메고 장지 송가지골로 갈 때의 상엿소리가 슬펐다.

비록 이미 목숨을 잃었지만 이 땅에서 어머니와 마지막이라고 생각하니 한없이 눈물만 나왔다. 물론 동생들도 엉엉 울면서 상여 뒤를 따랐다. 할머니와 고모들도 같이 울면서 동생들을 챙기기에 여념이 없었다.

이제 가면 언제 오나　　노- 하 노-하 노련 노-하

북망상천 저기일세　　노- 하 노-하 노련 노-하

극락세계 가시거든　　노- 하 노-하 노련 노-하

편히 편히 잠드소서　　노- 하 노-하 노련 노-하

사람들아 슬퍼 마오　　노- 하 노-하 노련 노-하

가신 님은 편할 것이니 노- 하 노-하 노련 노-하

우리 모두 큰 소리로　　노- 하 노-하 노련 노-하

이별가나 불러 보세　　노- 하 노-　　노하 노-하

상여가 동네 가도실을 돌아 서납나들을 건너 냇가의 평평한 곳에 멈추었다. 소리꾼의 지휘 아래 그렇게 했다. 그때 술과 안주를 상여꾼에게 대접하여 그들의 배를 채워 힘을 돋우었고 아버지는 두툼한 돈을 봉투에 넣어 노잣돈을 상여의 앞머리에 꽂아 줬다. 그리고는 곧 상여를 메고 출발했다. 또 이어지는 구슬픈 상엿소리가 가슴을 쳤다.

가네 가네 나는 가네 북망산천 돌아갈제

어찌할꼬 험한 길을 애닯고도 슬픈지고

절통하고 통분하다 인간의 이공도를
뉘가 능히 막을 소냐 춘초는 년녁 녹이요
왕손은 귀불귀라.
꽃이라도 낙화 지면 오던 나비 아니 오고
나무라도 고목이면 눈 먼 새도 아니 오고
좋은 음식 쉬어지면 수채구멍 찾아가네
하물며 우리 인생 늙어지면
화장터 공동묘지 북망산천 찾아간다
이 세상을 하직하니 불쌍하고 가련하다
한정 없는 길이로다 언제 다시 찾아온담
부모 처자 손을잡고 만단설화 못해보고
원수 정든 이 잠깐이요 젊었을제 고생하소
어젯날에 청춘이더니 오늘날에 백발 되고
아침나절 성턴 몸이 저녁나절 병이 들어
실날 같은 이 내 몸에 말뚝 같은 쇠사슬로
결박하여 끌어내니 혼비백산 나 죽겠네
여보시오 사자님네 노자돈도 갖고 갔네
말단개유 애원한들 어느 사자 들을 손가
옛 늙은이 말 들으니 저승길이 멀다더니
오늘 내가 당해보니 대문 밖이 저승이며
친한 벗이 많다 한들 어느 누가 대신 갈까
금은옥백이 많다 한들 금을 가져 노자하리
이 한 몸이 돌아가면 다시 오기 어렵도다

천만 년을 살 줄 알고 걱정 없이 지내다가

오늘날을 생각하니 세상 일이 가소롭다

극락세계 장엄하고 그 가운데 성도하니

이 내 목숨 버리어도 지성으로 보호하리

허공 끝이 있아온들 이 내 소원 가길 할까

유정들도 무정들도 일체종지 이루소서

너허이 너허 나무아미 타-불

상여가 장지에 도착하니 교의(交椅)라는 신주(神主)를 모시는 다리가 긴 의자와 향상(香床)이라는 향로나 향합(香盒)을 올려놓는 상(床)과 영악(靈幄)이라 부르는 천막이 쳐 있었다. 어머니가 묻힐 흙구덩이를 광중(壙中)이라고 불렀는데 사방 네 귀퉁이를 창으로 치고 잡귀를 몰아내는 의식을 한 다음 혼백(魂帛)을 영좌(靈座)라고 하는 영위(靈位)에 모시고 관을 안치했다.

혼백(魂帛)은 글자대로 혼을 모셔 놓은 비단이다. 육체(魄)를 떠난 혼이 의지하라고 비단으로 만들어 어머니의 가슴 위에 한참 올려놓은 뒤 영혼이 머무를 수 있도록 임시로 만들어 놓은 신위(神位)의 일종이었다.

그리고는 폄(窆) 또는 하관(下棺)이라고 부르는 땅속의 광중(壙中)으로 어머니의 관이 내려졌다. 지관(地官)은 어머니의 관이 제대로 안치되었는지 패철(佩鐵)을 가지고 좌향(坐向)을 봤다. 그러고 나서 관 위에 명정(銘旌)을 덮었다. 명정은 죽은 사람의 관직과 성씨 따위를 적은 기(旗)로 다홍색의 긴 천에 흰 글

씨로 썼으며 장사 지낼 때 상여 앞에서 들고 간 뒤에 관 위에 펴 묻었다. 그다음 내광(內壙)의 사방에 빈틈이 없도록 흙으로 채우고 맏상주인 내가 비단을 예물로 바치는 폐백(幣帛)이라는 것을 했다.

그 후 나에게 두 번 절하고 곡(哭)을 하라고 했다. 어머니와 마지막이라고 생각하니 서러운 눈물과 곡소리가 나왔다. 동생들은 "엄마, 엄마!"를 부르며 울었다.

취토(取土)는 삽으로 흙을 세 번 받아 광중 맨 위에 한 번, 가운데 한 번, 아래쪽에 한 번씩 차례로 놓도록 일러 주었다. 취토가 끝나면 지석과 명기를 묻고 광중을 메웠다.

지석(誌石)은 죽은 사람의 인적 사항이나 무덤의 소재와 방향을 기록하여 묻은 판석이나 도판으로 조상의 계보, 생일과 죽은 날, 평생의 행적, 가족 관계 등이 기록되며 무덤 앞에 묻었다. 명기(明器)는 장사 지낼 때 죽은 사람과 함께 묻는 기명(器皿)으로 그릇, 악기, 생활 용구 따위의 기물을 무덤에 함께 묻으려고 실물보다 작게 상징적으로 만든 것이다.

누구나 이 세상에 올 때는 어머니만 산고(産苦)를 겪었지만, 이 세상을 떠날 때는 거미줄처럼 얼기설기한 인연과 머루와 다래의 덤불 같은 얽힌 관계를 정리하기 위하여 많은 사람이 조문을 오고 또 같은 동네에 살았다는 인연으로 초상집을 도와주고 슬퍼했다. 이 땅에 묻힐 때도 보내기 아쉬워 많은 의식으로 시간을 끌어 더 있고 싶어 했다. 이 세상의 이웃과 함께 조금이라도 지체하여 인정을 나누라는 선인(先人)들의 지혜라는 생각이 들었다.

  광중을 3분의 1쯤 메우고 다지는데 이를 달구질이라 한다. 달
구질은 흙을 한 켜 넣고 다지고, 다시 흙을 넣고 5켜까지 하면서
외광을 완전히 다지는 것이다. 상두꾼들이 상여를 멜 때 썼던
대나무를 가지고 선소리꾼의 소리에 발을 맞추어 돌면서 다졌
다. 달구질 중간 중간에 아버지와 외삼촌이 노잣돈을 건네면 대
나무에 새끼줄을 걸어 명태같이 끼웠다.

어허 달구아 말 못하는 까마귀도

공맹앉은 저문 날에 반포한줄 알았는데

말잘하는 우리인생 무슨말을 못하리까

상하촌에 모인장군 어떤장군 모였던가

좌우편을 돌아보니 일등장군 모였구나

발맞추어 손뻑치며 쿵덕쿵덕 다려주소

천하제일 강동골은 산도좋고 물도좋은데

아항새향 죽을곳가

말고절색 고운얼굴 웅이미가 낮다더니

오날다린 이터에는 정승판서 날듯하다

공수래 공수거라 빈손 빈몸 나왔다가

빈손 빈몸 나왔다가 빈손 빈몸 가난곳이

초로같은 인생이라

한심하고 가련한게 우리인생 아닐런가

명사십리 행당화야 너꽃진다 섧어마라

명년삼월 봄이오면 너는다시 피련만은

완순은 귀불귀라 다시오기 어렵도다.

용하도다 용하도다 어이그리 용하던가

정지도사 용타해도 이런터는 못잡았네

이터가 생길적에 비봉산 남루하에

이런터가 생겼구나

엄동설한 풍설중에 노루한쌍 자던터라

봉학이 알을품어 알까던터 분면하고

신선선녀 모여앉아 장기바둑 희롱할 때

양수겸장 부르던터 이터가 분명찬나

좌청룡이 돌아보고 우백호가 돌아보니

좌청룡이 노래하고 우백호가 춤을추니

천하에는 대명지라

뒤에 주춤 노적봉이 좌우산천 둘렀으니

대대부자 할터로다.

사시에 하관하니 오시에 발복온터

이터가 분명찬나

상주네 복있는가 죽은망인 복있는가

아무리 생각해도 상주네 복이로다

금강산이 좋다한들 이산만은 못하구나.

우리군장 들어보고.

건너산천 건너보니 노적봉이 솟았구나

노적봉이 비쳤으니 벼천석 할터로다

건너산천 건너보니 투구봉도 솟았구나
투구봉 빛쳤으니 대대장군 날터로다
건너산천 건너보니 문필봉이 솟아있네
문필봉이 빛쳤으니 대대문장 날터로다
권력좋은 진시황은 만리장성 쌓건마는
이런터를 구했던가.
대국갑부 석숭이가 재물이야 많건마는
못구했네.
삼천갑자 동방삭이 삼천갑자 살았건만
이런터를 구했던가.
당명황에 양귀비가 인물이 절색이라
여러사람 접촉해도 이런터는 못구했네
상주네들 복으로서 이런터를 구했던가
우리군장 들어보소 조선명지 좋은명지
차례차례 찾아보세.
경상도 태백산은 낙동강이 둘러있고
부산이라 직할시는 태평양이 둘러있고
일월같은 대구시는 팔공산이 둘러있고
조선서울 첫서울은 경주시가 분명하나
불국사가 좋건만은 왕릉묘가 둘러있고
오늘다린 이터에는 노적봉이 둘러있고
호상꾼 들어보소
이번막죽 가는길에 배행차로 오셨으니

우리 엄마

염라국에 들어가서 염라대왕 교제하여

한몫을 얻어다가 열십자에 걸어놓으니

일천천자 분명찮나,

일천천자 분명하니 오십살 오신호상

오천년을 살것이요

육십살 오신호상 육천년 살것이요

칠십살 오신호상 칠천년 살것이니

공수래 공수거라

이 세상에 살아올 때 인심한번 쓰다가소

에헤이야 달구야.

어머니를 깊은 산 땅속에 두고 오니 멍했다. 이 일을 치르고 나면 잠이나 실컷 자야 되겠다고 생각했는데 막상 누우니 잠이 오지 않았다. 어머니가 죽은 것이 맞기나 한 것인지, 그래서 지금부터는 영영 볼 수 없는 것인지, 앞으로 어싯 명의 동생들과 어떻게 살아가야 되는지 막막했다. 나도 모르게 땅이 꺼질 듯이 한숨을 내쉬었다. 곁에 있던 할머니가 안아 주며 토닥토닥하면서 위안해 줬다.

"현태야! 이 할머니도 있고, 아버지도 있으니 너무 걱정하지 말아라! 어머니는 좋은 곳으로 갔을 테니 너무 걱정하지 말고 ……."

나는 아무 대답도 하기 싫었다. 할머니는 죽은 어머니를 원망했다.

"매정하지! 저 어린 새끼들을 줄줄이 남겨 두고 어떻게 눈을 감을 수가 있노? 그렇게 안 봤는데 갈 때를 보니 바늘 들어갈 틈도 없이 옹졸하네, 옹졸해! 쯧쯧⋯⋯!"

그 후 집에서 매달 초하룻날과 보름날 아침에 지내는 삭망(朔望)이라는 제사를 3년간 지내고 탈상했다. 초등학교 6학년 때 갑자기 어머니가 논에서 쓰러진 이후에 죽어서 장례를 지내고 탈상을 하니 내가 중학교 3학년이 되어 있었다. 어머니의 임종부터 탈상까지 30여 단계의 의례를 거쳐 어머니를 완전히 보내드렸다.

어머니는 결혼 생활 10여 년 중 연년생 또는 이년 터울로 아이 일곱만을 낳았고 그 사이사이 가도실 들판에서 일만 하다가 이 세상에서 저세상으로 간 불쌍한 사람이었다. 그랬으니 생각만 하면 문득문득 답답한 가슴을 치고 서러움이 목에 걸려 눈물이 핑 돌았다. 그 사람 말이다.

우리 엄마!

낳아라, 또 낳아라

　그때 고향의 각 가정에서는 보통 네 명의 자식을 두었다.

　다섯 명은 많지만 그래도 봐줄 수 있는 자식의 수였고, 딸만 내리 낳은 집은 자식의 숫자가 중요한 것이 아니라 아들을 낳을 때까지 잉태해야 되었다. 그런 시절에 어머니는 다섯째 현우를 낳고 단산(斷産)하려고 마음을 먹었다. 그러던 차에 손이 부족한 옆집의 마늘 논풀을 매러 갔다가 동네 아낙들과 이래저래 이야기한 끝에 4남 1녀로 아들과 딸을 모두 갖췄으니 이제는 그만 낳겠다고 이야기를 했던 것이 할머니 귀까지 들어가게 되었다. 어느 날 마을 정자나무 아래에 놀러 갔다가 돌아온 할머니가 상기된 얼굴로 아버지와 어머니를 불렀다.

　"오늘 동네에서 들었는데, 아이들을 그만 낳겠다고?"

　어머니와 아버지가 서로 망설이다 아버지가 답을 했다.

　"예, 4남 1녀로 아들과 딸 모두가 있고 아들도 4형제면 그만

……."

할머니는 손사래를 치면서 완강하게 말을 끊었다.

"아니다. 5남매면 부족하다. 더 낳아야 된다."

아버지도 물러서지 않았다.

"농사를 지어서는 자식들 키우기도 힘이 들고, 그래서……."

할머니는 아버지의 말을 다 듣지도 않고 아버지와 어머니를 노려보면서 말을 이어갔다.

"다 지 먹을 복은 타고 나는 법인데 무슨!"

아버지는 더 이상 반박할 대답이 없었다.

"어머니 그래도……!"

할머니는 매정하게 마지막 말을 남기고 자리를 떠 버렸다.

"더 낳아라, 알겠느냐?"

할아버지와 할머니는 슬하에 3남 1녀를 뒀다.

본인들은 4남매의 자식을 뒀으면서 자식인 아버지에게는 5남매도 적다며 더 낳으라면서 사리에 맞지 않은 요구를 했다. 나에게는 고모인, 할아버지와 할머니의 딸을 상대로 인접 동네에 옥씨 성을 가진 참 괜찮은 총각이 있다는 중신이 들어와 성사가 되어 사위를 얻었다. 특히 바깥사돈은 일찍이 서당을 열어 동네는 물론 인근의 동네까지 소문이 퍼져 글을 배우겠다는 사람들이 줄을 이었다. 그러다 보니 그 집안 사람들은 자연히 칭송과 존경을 받는 이들이 되었고 우리는 항상 반듯한 모범을 보이는 집안과 혼인이 되어 우쭐하기도 했다.

3형제의 아들 중에 맏아들, 나의 큰아버지가 일본으로 강제 징용을 가는 바람에 집안이 풍비박산(風飛雹散)이 되었다. 그도 그럴 것이 장차 우뚝하게 자리 잡고 집안의 기둥이 되어야 할 재목으로서, 정성껏 조상을 섬기는 제사를 도맡아 지내야 될 뿐만 아니라 자자손손 번영과 가족이 발전하는 데 구심점이 되어야 할 맏아들이 일경(日警)에 붙잡혀 갔으니 말이다. 할아버지는 전답까지 팔아 자금을 마련하여 백방으로 맏아들의 강제 징용을 막아 보려고 애썼으나 헛수고였다. 일제가 한반도에서 조선 내 강제 징용을 이끌어 갈 중앙 조직으로서 「국민정신총동원조선연맹」과 그 말단의 「애국반」을 운영했는데 할아버지는 그 조직을 수소문하여 일본으로 끌려가는 맏아들을 빼내 오려는 심상이었으나 이루지를 못했다.

둘째 아들과 막내아들, 나의 둘째 큰아버지와 아버지가 가도실에서 쭉 같이 살아오던 중 태평양 전쟁에서 일본이 항복을 선언하고 식민지 조선이 일본 제국 소선총독부의 통치에서 벗어나 해방이 되었다. 그리고 얼마 지나지 않아서 둘째 큰아버지조차 일본으로 큰아버지를 찾아 소리 소문 없이 떠나 버려 막내아들인 아버지만 가도실 마을을 지키게 되었다.

애지중지하던 아들 3형제를 뒀으나 무슨 운명의 장난인지 달랑 막내아들만 부모 곁에서 농사를 지으며 보살피고 있었다. 아들을 많이 낳는 것도 중요하지만 더 중요한 것이 곁에서 같이 사는 팔자도 중요하다고 느꼈다. 인위적으로 할 수 없는, 하늘이 주는 운명 같은 것 말이다. 많은 아들들이 같이 살다가 죽을 때까지 같이 있기 위해서는 뭐니 뭐니 해도 많이 낳는 것이 중요하다고 생각했다. 많이 낳아야 이리저리 죽거나 몹쓸 징용으로 끌려가더라도 남아 있는 여럿 아들과 곁에서 같이 살 수 있다는 것을 뼈저리게 느껴 할머니는 아들과 며느리에게 내리 교육으로 해 오던 것이었다.

나라 잃은 서러움 속에서 전 세계를 삼켜 버리려는 일본의 검은 야욕에 맏아들이 희생양이 되어 끌려갔고, 둘째 아들마저 그를 찾아 일본으로 떠나 곁에 없었다. 하늘이 무너지고 기가 찰 노릇이었다. 할머니는 뾰족한 묘수가 없어 할 수 있는 것이라고는 새벽에 일찍 일어나 장독대에다 정화수(井華水)를 떠 놓고 치성을 드리는 것뿐이었다. 할머니는 그러한 정성으로 두 아들이 무사히 건강하게 돌아오기를 빌었다. 할머니는 아들 3형제 중 두 아들의 생사(生死)를 알 수 없게 된 사연이 있었으니, 그 경험을 교훈으로 하여 아들과 며느리가 생리적으로 능력이 있을 때 많은 자식을 낳아 어떠한 상황이 닥쳐도 끄떡없는 팔자를 만들어 놓겠다는 심사(心思)였다.

그리하여 왕성한 자손의 번창으로 왁자지껄한 가정을 만들어 놓고 죽겠다는 계산이 깔려 있었던 것이다. 그러니 5남매 손주도 적다며 아우성을 치며 계속 더 낳으라는 성화가 대단했다. 어머니는 할머니의 요구와 정화수의 약발인지는 모르지만 그 후 여섯째 현진이와 막내 현성이를 낳아 아들만 둘을 더 낳고 죽고 만 것이다.

설상가상 어머니가 죽지 않았더라면 할머니는 더 많은 동생을 잉태하여 출산하기를 분명히 바랐을 것이다. 아들이 집안에 득실거려야 혹 우환이 생겨도 다른 아들이 대신 제사를 지내는 등 죽은 아들의 역할을 대신할 수 있다는 확신에서 비롯되었다. 어머니가 혹, 급성 간암을 피해 건강만 했다면 자식의 수를 여덟, 아홉을 넘어 훨씬 많이 낳았을 것이며 그때마다 할머니는 본인의 확고한 의지가 딱 맞게 떨어진다고 좋아했을 것이다.

할머니의 큰아들, 곧 나의 큰아버지는 1927년 정묘년(丁卯年), 토끼띠 해에 가도실에서 태어났다. 그해 조선 경성에서는 한국방송공사의 전신이라 할 수 있는 경성 방송국 라디오방송이 개국했다. 또 12월에는 경성부, 지금의 서울특별시 기온이 영하 23.1℃까지 내려가면서, 현재까지도 깨지지 않는 역대 공식 최저 기온을 기록했다.

큰아버지와 같은 해 출생한 사람은 대한민국 14대 대통령인 김영삼, 포스코 명예회장 박태준, 방송인 송해, 가수 백설희, 작곡가 길옥윤 씨 등이 있다.

1927년 1월 12일 의성 지역의 명승고적을 소개하는 기사에서 경북 의성군 금성면에 존재하였던 국가 조문국에 대하여 소개했다. 그 기사는 '의성읍에서 남으로 향하다 금성면 소재지에 채 못 미쳐 만나는 언덕받이 오른편이 금성면 대리리 산 384번지이다. 이곳에 있는 잊힌 소왕국 옛 조문국 경덕왕릉은 그 형식이 전통적 고분으로서 봉 아래 화강석 비석과 상석이 있다.'라는 내용이었다.

또 1927년 1월 13일자 동아일보에 의성군 춘산면 빙계리의 빙혈(氷穴)이 소개되었다. '계곡에 큰 구멍이 뚫려 있고 구멍 크기는 높이가 3척이고, 넓이는 4척 8촌이나 된다. 매년 입하(立夏) 뒤에 얼기 시작하여, 날씨가 더워질수록 얼음은 더욱 견고하게 되며, 날씨가 점점 추워지면서 얼음이 녹게 된다. 풍혈(風穴) 또한 넓이가 1척 정도 되는 바위구멍이다. 아무리 더운 여름철이라도 이 풍혈과 빙혈 앞에서는 10분 이상을 서 있지 못한다.'라고 소개되었다.

큰아버지는 정묘년(丁卯年)에 태어나 열 살 후반에 고향 가도실에서 일본의 강제 징용으로 끌려갔다. 할아버지와 할머니는 맏아들을 잃은 슬픔으로 식음을 전폐하고 앓아눕기도 했으나 이러다가 살아 있는 사람도 죽겠다 싶어 용기를 내어 툭툭 털고 일어났던 사람들이다.

큰아버지가 강제 징용에 끌려갈 당시 부산항에서 군함을 타고 일본 후쿠오카에 도착해서 작은 군함으로 갈아타는 중 일본 군인이 발을 헛디뎌 바닷물에 빠져 허우적거렸다고 한다. 한참 뒤에 알려진 사실이지만 모두들 발만 동동 구르는데 큰아버지가 용감하게 바닷물에 뛰어들어 그자를 도와 살려 준 것이다. 그때 모습을 눈여겨본 일본군의 책임자에 의해 큰아버지는 공로와 의협심을 높이 평가받고 같이 온 조선인과는 다른 대우를 받았다. 하지만 같이 조선에서 끌려온 징병자들 사이에서 큰아버지는 일본인에게 아부(阿附)와 아첨(阿諂)을 한다고 눈 밖에 나게 되었다. 일본인 책임자가 없거나 으슥한 밤이 되면 큰아버지는 같은 조선인 패거리에게 흠씬 두들겨 맞는 등 큰 낭패를 당했다. 이러나저러나 죽은 처지인 것은 매일반이라 생각한 큰아버지는 조선인 중에 제일 덩치도 크고 힘이 센 자를 지명하며 결투를 신청했다. 조선인 무리에게 몹시 얻어맞아 죽느니 결투를 신청해서 이기든, 아니면 얻어맞아 죽든 둘 중에 하나가 더 승산이 있다고 생각했다. 먼 이국땅에 나라 잃은 국민으로 끌려와 이 결투에서 지면 목숨을 잃으니 유훈(遺訓)이라도 남겨야 되겠다고 생각해서 결투장의 많은 조선인을 둘러보며 말했다.

"나는 여러분과 같은 조선인이다. 바닷물에 빠진 사람이 조선인이었더라도 물에 뛰어들어 그 사람을 살렸을 것이다. 그런데 살린 사람이 일본인이라 하여, 같은 조선인인 나에게 떼를 지어 짐승에게나 할 짓을 해 왔다. 그래서 나는 일대일 결투를 신청해 이겨서 조선인의 긍지를 느끼며 여러분과 함께 생활하기를 원한다. 살기를 원하면 죽고, 죽기를 각오하여 싸우면 이긴다는 생즉사 사즉생(生卽死 死卽生)의 정신으로 임할 것이다. 자! 덤벼라!"

그렇게 결투가 시작되었다.

큰아버지가 눈을 떴을 때는 꿈을 꾼 듯 몽롱했다. 남루한 침대에 누워 있었지만 몸은 꼼짝달싹할 수가 없었다. 눈동자를 서서히 움직여 자신의 몸을 살펴보니 팔다리며 몸 덩어리 중 어느 하나 말짱한 곳이 없이 시퍼렇게 멍들어 있었다. 갑자기 갈증이 나서 물 한 모금을 마시고 싶어 사력을 다해 소리를 질렀다.

"무울!"

누군가가 오는지 발걸음 소리가 들렸다. 뿌연 시야에 어디서 낯익은 얼굴이 가까이 보였다. 고향에서부터 일본 후쿠오카로 올 때까지 늘 곁에서 함께 강제 징용을 걱정하며 의논했던 사람이었다. 그는 큰아버지가 찾던 물 한 컵을 주고는 걱정스럽게 말을 건넸다.

"몸은 괜찮나?"

"아니."

"너 대단하더라? 그 덩치 큰 놈에게 밀리지 않더구나?"

"그래……?"

"처음에 서로 몇 대의 주먹과 발길질을 주고받았고 그다음은 정신력으로 싸우는 것 같았지. 네가 말했던 생즉사 사즉생(生卽死 死卽生)의 정신으로 말이야."

"그랬구나. 그놈은 괜찮니?"

"아니. 그놈도 너 이상으로 몸이 상했을 거야. 이젠 바닷물에서 일본 놈을 건져 줬다는 말도 되지 않는 이유로 너에게 아부쟁이라며 시비 거는 조선인은 없을 것이네."

큰아버지는 목숨과 바꾼 결투를 치른 후에야 조선인으로부터 일본인에게 빌붙어 아첨이나 하는 조선인이 아니라 의협심이 많고 불의를 두려워하지 않는 용맹스러운 사람이라는 것을 인정받았다. 그 덕분인지 큰아버지는 일본군 소속으로 외국 전장에 파병되지 않고 후쿠오카 항에서 일하는 행운을 차지했고, 그후 해방을 맞이하여 그때 맺은 일본인과의 인연에 의해서 도움을 받아 고물상과 군수 물자를 불하받아 되파는 일에 관여하면서 많은 돈을 벌기도 했다.

그렇다고 일본에서의 생활에 모두 좋은 일만 있었던 것은 아니다. 거의 대부분은 질시(疾視)와 핍박(逼迫)을 받고 말이 통하지 않는 가운데 얻어맞기도 부지기수였으나 그래도 일본이라는 나라에서 그 나라 사람이 큰아버지를 인정하고 보살펴 준다는 것이 엄청스러운 행운이라고 생각했다. 혹여 죽을 지경까지 갔다고 가정을 했을 때, 죽기 전에 누구에게 사정에 대해 이야기할 수 있다는 것은 대단한 특혜였다. 일본에서 한국인은 인간이 아니었다. 개나 돼지보다 못한 인간으로 대우를 받던 환경이었으나 극복하지 못하면 영영 고향으로 돌아갈 수 없다는 절박함에 이를 꽉 깨물었다. 그렇게 일본에서 고생하여 번 돈으로 자전거며 라디오를 사서 고향 가도실로 부쳐 주기도 했고, 전답을 사라고 할아버지에게 뭉칫돈을 부쳐 주기도 했으나, 그 돈을 어머니의 급성 간암을 치료하는 데 모두 써 버린 것이다.

둘째 큰아버지는 큰아버지와 2년 터울이다.

1929년 기사년 뱀띠 해에 태어났다. 갓난아이 때부터 기골이 장대하여 주위로부터 입에 오르내리면서 성장했다. 열 살 안팎의 어린 충년(沖年) 때부터는 제법 청년 기질을 보였다. 땔감으로 솔가지 단을 보기 좋게 해서 명암골에서부터 포대산을 거쳐 지게에 가득 지고 가도실 집으로 왔다. 그래서 할아버지나 할머니는 속으로는 맏아들보다 둘째 아들에게 거는 기대가 컸다.

당시 일본 제국은 조선에서 전시 군량을 확보하기 위하여 공출 제도(供出制度)를 1940년부터 강제적으로 시행했다. 「미곡배

급통제법」을 만들어 조선 시장에서 자유로이 이뤄지던 쌀의 유통을 금지하고 농민들은 집에서 먹을 쌀까지 헐값으로 강제 공출시켰어야만 했다. 그 대신 만주 등지에서 들여오는 피, 콩, 동물용 사료를 배급하였다. 그럼에도 쌀의 공출 실적이 저조하자 「식량관리법」이라는 것을 만들어 맥류, 면화, 마류(麻類), 고사리 등에 이르기까지 수십여 종의 농산물로 공출 제도를 확대하고, 목표량에 미흡하면 무력을 사용하는 등 전 세계를 탐욕할 군인의 식량 확보를 위하여 혈안이 되어 있을 때다.

둘째 큰아버지가 성장할 쯤 일본은 조선의 농촌에서 쌀 한 톨이라도 더 생산하고 빼앗아 가기 위하여 「수리조합조례」 등 법적인 뒷받침을 받아 수리사업(水利事業)을 계획하여 1919년까지는 이미 제1기로 완료하였고, 제2기가 진행되었다. 그 당시 고향 동네의 계곡마다 새로 축조하거나 보수하는 못(池) 공사가 진행되었고 둘째 큰아버지는 부역을 나갈 정도로 힘을 썼다. 고향 가도실에서는 저수지보다는 못이라고 불리고 있었다.

십 대라면 아직 어린 나이다. 호기(豪氣)도 살아 있고 세상에 안 될 일이 없을 것처럼 무서움이 없었으며, 돌을 삼켜도 소화를 시키는 나이였다. 그럴 때 못(池) 공사에 부역을 나가 곁의 어른들이 잘한다, 잘한다 하며 부추기니 장사(壯士)가 된 듯이 우쭐하여 너무 과하게 견치석(犬齒石)을 져 나르다가 허리를 다쳤다. 묘목에서 새순이 잘려 더 성장할 수 없듯이 힘을 쓸 수가 없었다. 둘째 큰아버지는 시름시름 아프더니 안방구석을 차지하고는 움직이지 못했다. 맏아들보다 더 기대를 했던 둘째 아들이 허리를 다쳤으니 할아버지와 할머니의 상심이 이만저만이 아니었다. 이곳저곳 용하다는 한의원은 다녀 보지 않은 곳이 없었다. 그리고 몸에 좋다는 약재는 안 써 본 것이 없을 정도로 백방으로 다니며 애를 썼다. 그 덕분인지 둘째 큰아버지는 방바닥에 허리를 붙인 시간이 해포가 지나서야 몸을 움직이기 시작했다. 평생 앉은뱅이 신세를 못 면하는 것은 아닌지 우려했지만 기적 같은 회생에 가족 모두 환호했다. 이것저것 약을 많이 써 허리가 나은 것인지 젊은 나이라 잘 이겨내서 나은 것인지는 불분명하지만 사주(蛇酒)라는 뱀술을 여러 번 복용하고는 방 밖으로 움직이기 시작했다. 사주를 복용하고 기력을 찾았으며 허리도 굳건해졌다고 할머니는 줄기차게 믿고 그렇게 떠벌렸다. 양기 부족, 습기 찬 기후에서 더 아파지는 풍습성 관절염, 류마티스성 관절염 및 류마티스성 척수염, 허리 삔 데, 요통 치료, 신허 요통 등 다쳐서 아픈 요통에는 뱀술이 특효라고 말했다.

그렇게 회복이 된 둘째 큰아버지에게 중신이 들어왔다. 처자는 누곡 동네의 최씨라고 했다. 중신어미의 활달함으로 급속도로 혼인이 진행되어 성사가 되었다. 혼례를 치루고 첫날밤이었지만 신랑인 둘째 큰아버지는 미동도 하지 않았다. 동네 사람 모두의 관심사였기에 창틀 창호지에 침을 발라 구멍을 내어 본 사람의 증언도 있었다. 신부의 족두리는커녕 혼례복도 벗기지 않아 꼬박 앉아서 밤을 지새우도록 만들었다. 꽃이 아름다워 그냥 보기만 했을 수도 있지만 꺾을 용기가 없어서 그냥 뒀다면 그 또한 서글픔이다. 그 소문은 하루 사이에 온 동네에 바람처럼 퍼졌다. '너만 알아라!' 식으로 소곤소곤 귀에서 귀를 타고 삽시간에 온 동네에 퍼졌고, 쉬쉬했지만 그 사실은 바람 부는 날 불길처럼 걷잡을 수 없이 온 동네로 퍼져 나갔다. 아낙들이 우물가나 빨래터에서 듣고는 남정네에게 전해 주는 식이었다. 그 말은 기어코 할머니의 귀까지 들어오게 되었다. 할머니는 세상이 무너져 가슴에 쿵 하고 큰 물체가 떨어지는 듯한 충격을 받았다. 할머니는 둘째 아들을 불러 따졌다.

"그래, 첫날밤에 며느리의 족두리도 벗기지 않았다는 사실이 맞느냐?"

둘째 큰아버지는 대수롭지 않다는 듯이 대답했다.

"족두리 쓴 모습이 이뻐서 그냥 뒀니더."

"이놈아, 첫날밤에 그게 무슨 짓인고? 첫날밤은 그렇고 그다음 날 밤은?"

"그때도 그랬고, 신행으로 처갓집 가서도 그냥 보기만 했니더."

"허 참! 장인과 장모는 무슨 말이 없었나?"

"장인이 뻐끔뻐끔 담배만 피우더니 '우리 딸이 예쁘지 않으냐?'라고 묻더군요. 그래서 '예쁘니까 두고 보는 거지요. 곧 그날이 올 낍니다.'라고 대답했니더."

할머니는 기가 차서 더 이상 할 말을 잊었다.

"허 참……!"

그 이후로도 둘째 큰아버지는 부부 관계의 징표를 남기는 합궁(合宮)이 없었다. 할머니는 어머니로서의 정성이 부족해 차남이 남자의 구실을 못 한다며 자책을 했다. 그래서 15리 길의 옥련사(玉蓮寺)에서 100일의 치성을 드리는 것도 부족해서 점쟁이를 집으로 불러 굿도 했으나 차남은 아무런 변화가 없었다. 아내를 멀뚱멀뚱 쳐다보기만 했지 밤을 불태우는 천지개벽은 없었다.

한편 둘째 큰아버지는 자신의 성 장애를 치료할 수 있는 큰 도회지로 가야 되겠다고 생각했다. 성(性)이란 으레 윤리적 심판의 대상으로서, 때로는 낯 뜨거운 것이며 은밀하면서 신비롭다고 생각했다. 그래서 이러쿵저러쿵 함부로 남들과 상의하기가 어려운 것이었다. 큰 도회지에 아는 사람도 없거니와 안다고 해서 병원을 찾는 것이나 치료비며 모르는 것이 너무 많아 고민이 많았다.

그러던 차에 일본에서 형님이 편지를 보내왔다. 이번에는 일 년 넘게 지체되다 온 편지라서 할아버지와 할머니가 굉장히 반가워했다. 할아버지와 할머니는 띌 듯이 기뻐했고, 둘째 큰아버지는 내심 좋아했다. 큰아버지의 편지 내용은 일본 후쿠오카라는 도시에서 해방되어 한결 좋은 분위기에서 한국인들과 화합하면서 기반을 잡아 배곯지 않고 생활하고 있으니 걱정하지 말라는 당부와 조만간에 한국 가도실에 한 번 다녀가겠다는 내용이었다. 둘째 큰아버지는 단번에 본인의 성 장애를 치료할 장소로 일본이 가장 적합하다고 생각했다. 성 장애처럼 부끄러움과 신비스러움을 겸하는 병의 치료를 위해서는 아는 사람이 없는 일본이 좋겠다는 생각이 들었다. 그런데 일본이 거리가 멀기도 하지만 어떻게 가느냐가 관건이었다. 둘째 큰아버지는 형님이 살고 있다는 일본의 주소를 비뚤비뚤하게 다른 종이에 옮겨 적었다. 당연히 이번 일은 아무도 모르게 은밀하게 추진되었다.

수소문을 해서 일본에 징용으로 끌려갔다 해방이 되어 고향으로 귀국한 사람을 어렵게 찾을 수 있었다. 때마침 그 사람은 후쿠오카에 대해서 소상하게 알고 있었고, 고향 가도실에서 부산까지 가는 방법과 부산여객터미널에서 일본 가는 배를 타는 방법을 꼼꼼하게 설명해 줬다. 태어나 고향을 떠나 본 적이 없었기에 먼 곳 일본으로 가겠다는 생각에 한편으로는 겁도 났다. 그러나 누구와도 상의할 수 없는 비밀스러운 병을 치료해서 떳떳하게 남자의 구실을 해야겠다는 욕망이 더 컸다.

그 먼 곳을 가려면 자금이 필요한 것이 당연했다. 이런저런 궁리 끝에 할아버지가 키우고 있는 소를 훔치기로 작정했다. 외양간을 들락거리는 소를 유심히 쳐다보면서 별안간 소가 없어졌을 때 집안의 모습을 상상해 봤다. 할아버지가 난리를 치면서 늦은 밤까지 초롱불을 들고 온 산을 뒤질 생각을 하니 아찔했다. 그 당시 소는 그 집안의 전 재산이었으며 농사를 짓는 데 없어서는 안 될 소중하기로 따지면 최고로 소중한 것이었다. 그러나 독한 마음을 먹고, 자신이 떠나고 나서 소가 없어진 것을 알아차리고 소란을 피워 봐야 자신과는 무관하다고 생각하니 홀가분해졌다.

읍내 장날이었다. 할아버지와 할머니, 심지어는 아버지까지 들로 나가기가 무섭게 둘째 큰아버지는 동네 어귀까지 따라와

망을 보고는 소의 고삐 끝으로 소의 엉치를 후려 때렸다. 그리고는 유유히 읍내 방향으로 떠났다. 새색시였던 숙모는 소를 몰고 나가는 남편이 궁금했지만 아직 첫날밤도 못 치른 아내로서 감히 어디로 가느냐고 물어볼 수도 없었다. 혼례만 올렸지 아직 부부라고 하기엔 많은 거리감이 있었던 게 사실이었다.

가도실에서 읍내까지는 30리 거리로 걸어서 3시간은 족히 걸렸다. 물어물어 우시장을 찾았고 쫓기듯이 휑하게 거래가 성사되었다. 이리 재고 저리 재고, 밀고 당기는 흥정은 없었다. 우시장을 막 들어가 소 고삐를 말뚝에도 묶지 않은 상태에서 첫 번째 만난 소 장수가 소를 팔러 왔느냐고 물었고, 둘째 큰아버지는 그렇다고 대답하면서 얼마를 줄 수 있냐고 물었다. 그 소 장수가 제시한 금액으로 거래가 성사되고 돈을 받아 세어 보고 안주머니에 넣은 것이 전부였다. 떠나면서 소 장수가 남기는 말 한마디가 일품이었다.

"그 양반 거래 참 시원하네!"

지체할 시간이 없으니 시원할 수밖에야.

읍 역에서 기차를 타고 저녁나절을 기차 객석에서 보냈다. 같이 앉은 손님에게 기차가 서는 곳마다 어느 역인지를 물었다. 처음 기차를 타는 것이니 그럴 수밖에 없었다. 처음에는 도착역을 잘 가르쳐 주더니 몇 차례 지나고는 귀찮았는지 거꾸로 둘째 큰아버지에게 어디까지 가는지를 되물었다. 부산역에 간다고 하니 한숨을 푹 자도 부산역에 도착이 안 되니 그리 알고 느긋하게 쉬라고 했다.

고향역에서 어둑어둑한 저녁에 출발하여 영천역, 삼랑진역을 경유하여 부산역에 도착할 때는 자정을 넘긴 새벽이었다. 눈 뜨고 코 베어 가는 도회지에서 얼쩡거리다가 낭패를 당할 수 있다는 생각에 역 대합실 구석에서 잠을 청했다. 쓰레기 더미에서 종이 박스를 구해 바닥에 깔았더니 시멘트 바닥에서 올라오는 냉기를 한결 막아 줘서 그런대로 푸근했다. 잠시 눈을 붙이면 날이 밝을 것 같았다. 부산역 가까이에 여객선터미널이 있다고 했다. 도회지는 하도 사기꾼이 많다고 해서 지레짐작으로 움츠러들었고 그래서 선하게 생긴 사람을 고르거나 여학생에서 길을 물어 차근히 그 방향으로 걸어서 갔다. 소문대로 잠시 걸었다고 생각했는데 곧 여객선터미널이 나왔다. 후쿠오카 가는 배표를 끊고도 한참을 기다렸고, 배를 타고도 한참을 기다려 출항을 했다. 여객선에 오르자 바닥의 다다미도 생소했다.

얼마 지나지 않아 뱃멀미를 했다. 머리가 아프고 어지러워 숨을 쉴 수가 없었으며 무기력해졌다. 이러다 죽겠다 싶어서 죽을 힘을 다해 갑판으로 기어서 나갔다. 시원한 바닷바람을 쐬거나 파도와 지나가는 배들을 구경하자니 여객선 안에서 죽치고 앉아있는 것보다 훨씬 좋아졌으며 살 만했다. 뱃멀미 속에서도 늘 떠오르는 걱정이 있었다. 혈혈단신 외톨이가 일본 땅에서 형님을 찾을 수 있을까였다. 수없이 스스로에게 질문하며 괴발개발로 아무렇게나 쓴 주소를 수없이 펼쳐 보고는 주머니에 넣고를 반복했다. 일본의 후쿠오카는 부산으로부터 210킬로미터 떨어져 한나절 정도 걸려서 도착했다.

막막했다. 방금 뱃멀미를 했던 바다에서의 메스꺼움과 외로 움과 공허함은 축에 끼지도 못했다. 말도 통하지 않았고, 아는 사람이며 도로, 상점 등 마음속에 푸근한 곳은 한 곳도 없었다. 그냥 주머니에 손을 찔러 넣고 이리저리 왔다 갔다 하기를 수없 이 했다. 방금 갔던 길인지 아니면 생판 처음 가 보는 길인지가 중요하지 않았다. 아무 생각 없이 백지상태로 걷고 있는 것이었 다. 그렇게 한참을 걸었을 것이다. 귓가에 소곤대는 말이 전해 왔다. 처음 귀가 열리는 소리였다. 어머니와 여고생쯤 되어 보 이는 모녀의 대화에서 귀가 열리는 것이었다. 그 말은 한국말이 었다. 둘째 큰아버지는 자신도 모르게 큰 소리로 모녀를 향하여 이야기를 걸었다.

"저기요? 말 좀 물으시더?"

모녀는 눈사람처럼 깜짝 놀라면서 걸음을 멈췄고 어머니가 답했다.

"한국 사람이군요?"

"예, 방금 부산에서 왔는데…… 이곳에 형님이 살고 있는데 ……."

둘째 큰아버지는 너무 반가워 머리가 하얘져 더 이상 말을 못 하고 주저주저했다. 한국말이 어떠한 신(神)의 계시보다 더 반 가웠다. 모녀 중 어머니는 둘째 큰아버지가 당황해하는 것을 알 고 진정하도록 시간을 주면서 입가에 미소까지 띠면서 친절히 말을 이어 나갔다.

"그렇군요? 이곳이 처음이군요?"

"예……."

"그럼, 형님은 어디에 살고 계세요?"

그제서야 형님의 주소가 기록된 종이가 주머니에 있다는 것이 떠올랐다. 황급히 주머니에 손을 넣어 주소를 펼쳐서 모녀의 눈앞에 내밀었다.

"여깁니다."

"아! 주오구(中央区)군요. 여기서 멀지 않으니 금방 찾을 수 있을 겁니다."

그 말을 들은 둘째 큰아버지는 본인도 모르게 주저앉고 말았다. 그리고 연신 "고맙습니다!"를 외쳤다. 형님을 만나야겠다는 간절함에 가득했다가, 절망에 가까운 포기를 하고, 소까지 팔아서 일본까지 온 자신의 행동이 잘못되었다고 뉘우치기를 몇 번씩 한 후였다. 할아버지와 할머니가 떠오르고 죄송했으나 가도실의 아내에게는 덜 미안했다. 부부였지만 교합(交合)도 하지 않아 애틋함 같은 것이 없었다.

큰아버지는 동생을 보자마자 눈이 휘둥그레졌다. 반가워 포옹을 한다든지 손을 내밀어 악수를 청하든지 하는 것은 잊어버리고 입만 벌리고 한참을 서서 동생을 지켜보고 있었다. 반면 둘째 큰아버지는 그간 마음고생을 많이 해서 형님을 찾았다는 기쁨으로 눈물을 글썽이고 있었다. 그렇게 한참을 지나 두 형제를 만나게 해 준 모녀 중에 어머니가 그간의 과정을 설명했고, 그 이야기를 들은 큰아버지는 서서히 다가가 동생을 세차게 껴안으면서 눈물을 흘렸다.

큰아버지는 결혼을 해서 자녀로 남매를 두고 있었다. 일본에서 아내를 만나 결혼했으며 그녀의 고향은 경남이라고 했다. 신식 건물인 꽤나 아늑한 집에서 살고 있었으며 첫눈에도 궁핍하지 않음이 느껴졌다. 당분간은 형님의 사업체에서 일을 도와주며 급료를 받는 것으로 이야기를 마쳤다. 큰아버지 입장에서도 사람이 필요했는데 동생이 왔으니 잘된 일이었다. 일본군 해군에서 폐장비를 불하받아 그래도 쓸 만한 것은 완성 장비로 매각을 하고, 나머지는 철과 비철로 구분 발췌해서 판매 가격을 높이는 데 주력하고 있었다. 비철이 더 쏠쏠한데 종류는 구리, 아연, 납, 알루미늄 등이었다.

둘째 큰아버지는 거기에서 몇 해를 보냈다. 한국 가도실에 편지도 보냈으며, 일본에서 형님을 만나 잘 지내고 있다고 썼다. 소를 훔쳐 팔아 죽을죄를 지었으며 용서도 빌었다. 그 돈으로 차비며 뱃삯을 냈으며 곧 갚겠다고도 했다. 한국에 돌아갈 생각은 없다고 썼으니 결혼한 아내에게는 관심조차 없다고 읽히기를 내심 바랐다. 그러나 직접적으로 표현은 하지 않았다.

둘째 큰아버지가 일본으로 무단으로 가게 된 이유는 자신의 성(性) 장애를 고치기 위해서였다. 그러나 형님에게는 두루뭉술하게 전했으며, 혼례를 올린 사실도 감추었다. 그러한 것들이 자신의 성 치료에 전혀 도움이 되지 않았기 때문이다. 어느 날 이렇게 형님에게 안주해서는 이것도 저것도 안 되겠다 싶었다. 그러던 차에 자주 거래도 하고 사업장에도 들르던 사람이 금은방을 운영하면 이문(利文)이 많다는 솔깃한 이야기를 했다. 그러면서 자신의 고향은 경기도 쪽이라고 소개했다. 마음이 이끌렸던 둘째 큰아버지는 짬짬이 시간을 내어 그가 운영하는 금은방에 방문도 하고 관심을 보였다. 일본도 전쟁 이후로 어수선한 시기였다. 결국 장사를 해서 돈을 벌 수 있는 기회는 값이 쌀 때 많이 사서 값이 오르기를 기다렸다 되파는 것이 최고의 상술이었다. 곧 매점매석(買占賣惜)이 최고였던 것이다. 자금이 부족했던 그는 둘째 큰아버지와 동업하는 조건으로 얼마간의 뭉칫돈을 요구했고 두 사람은 의견이 일치되어 동업자가 되었다. 차근차근 형님 사업체에서 받은 급료를 잘 모아서 저축했던 보람이 결과를 이룬 것이었다. 한국 가도실에서 일본으로 건너올 때 죽을 것 같았던 고난은 교훈이 되었다. 그 교훈이 바탕이 되어 매일매일 성실하게 일하고 근검절약하는 언행은 기본이며 당연했다. 번듯하게 사업도 키우고 싶었고 뭐니 뭐니 해도 자신의 성 장애를 고쳐야겠다는 마음이 앞섰다. 그러려면 성 장애 쪽으로 유명한 병원을 찾아야 되며, 또 치료에 적지 않은 돈이 필요한 것은 삼척동자도 다 아는 사실이었다. 둘째 큰아버지가 성실하고 신용이 있다는 소문이 입에 입을 통하여 후쿠오카 주오구(中央区)로 퍼져나갔다. 금은방 규모는 작았지만 수입은 쏠쏠했고 금방 부자가 될 것 같은 예감이 들었다. 어느 날 퇴근 후 동업자와 저녁밥과 곁들여 술 한잔했다. 서로가 알아가는 과정이고 또 술이라는 것이 그럴 때 좋은 역할이 되어 주다 보니 좀 과한 상태였다. 술기운에 영향을 받아 고향 가도실에서 일본 후쿠오카까지 오게 된 내력과 아직도 누구에게 발설하지 않았고, 곁에 살고 있는 형님에게도 철옹성처럼 감추고 있던 스스로의 치부인 성 장애를 털어 놓게 되었다. 고향 가도실에서 일본으로 도망치다시피 온 것도 치료가 제일 큰 목적이라고 말해 버렸다. 그 동업자는 특히 비뇨기과 쪽의 의료 기술은 일본이 어느 나라보다 발달되어 있어 쉽게 고칠 수 있을 거라며 용기를 줬다. 드디어 벙어리 냉가슴 앓듯이 누구에게도 말하지 못했던 고민이 해결되겠구나 생각하니 가슴이 벅찼다.

며칠 후 동업자는 둘째 큰아버지에게 제의를 했다. 아주 유명한 의사 선생님을 섭외하였는데 퇴근 후에 시간을 내라는 것이었다. 병원으로 가서 치료를 받으려면 부끄럽기도 하고 혹, 한국 사람들에게 얼굴이 알려지면 쉽게 소문이 나기 때문에 조용한 여관에서 그 의사 선생님을 초빙하여 진료를 받으면 좋겠다고 말했다. 동업자의 세심한 배려에 감동을 하면서, 그렇게 퇴근 후에 의사 선생님과 약속을 정하고 또 일반인과 차단이 된 곳까지 데려오는 일을 할 수 있는지조차 몰랐기 때문에 연신 몸을 조아리며 어쩔 줄 몰랐다.

그날 동업자와 마신 술은 일본의 청주였다. 일본에서 통상 '사케(酒)'라고 부르는 것은 일본어로 포괄적인 '술'을 뜻하는 단어이다. 우리나라에서 흔히 '사케'라 불리는 일본식 청주를 일본은 니혼슈(日本酒) 또는 세이슈(淸酒)라고 불렀다. 일본 청주 사케의 맛은 좋은 물, 그리고 좋은 쌀 맛에서 시작되었다. 일본 효고현의 록코산이 둘러싸고 있는 분지 마을 나다고고(灘五鄕), 이곳에서 나오는 미야미즈 수(水)는 일본 최고의 술을 만드는 양조 용수로 유명하고 사케 제조 회사는 이 미야미즈 수(水)를 공수해서 사용한다. 일본 청주 사케의 쌀은 도정할 때 많이 깎아서 사용한다. 쌀의 대부분 영양소는 쌀알의 바깥 부분에 있는데 이것은 술의 맛을 내는 데 도움이 되지 않기 때문이다. 밥 짓는 쌀은 10% 정도의 정미율로 깎아 낸다면, 쌀을 정미율 50% 이상으로 깎았을 때는 최고급 술로 다이긴조(大吟醸)라는 이름을 붙이고, 40%를 도정한 술은 긴조(吟醸), 30%를 깎은 술은 준마이(純米) 또는 혼죠조(本醸造)라는 이름을 붙인다. 인위적인 양조 알코올을 섞지 않고 재료로 쌀만 쓸 경우에는 준마이(純米)라는 이름을 붙이는데 알코올 도수는 14~20% 수준이다. 인위적으로 양조 알코올을 첨가하여 만드는 경우도 왕왕 있다. 한국과 일본의 청주는 쌀과 누룩곰팡이를 이용하여 발효하는 과정은 같으나 한국 청주는 항아리에, 일본의 사케는 삼나무 통에 술을 담아 발효 및 숙성시키는 차이가 있다.

둘째 큰아버지는 금은방에서 멀지 않은 곳의 조용한 여관방에서 기다렸다. 의사 선생님은 아주 낡은 가죽 가방을 들고 나타났다. 가방의 내력으로 봤을 때는 아주 많은 환자를 치유해서 행복한 삶을 영위해 줬을 것만 같은 생각이 들었다. 의사 선생님은 가방을 열어 흰색 가운(gown)으로 갈아입고 이것저것을 물었다. 당연히 일본말이었기에 통역은 동업자가 해 주었다. 열 살 남짓해서 지게로 큰 돌을 지다가 허리를 다친 것이며, 이것저것 효험이 있다는 약을 쓴 것이며, 그러다가 일 년이 지나 걸을 수 있게 되었으나 성(性) 장애로 여자에게 관심이 없고 발기

(勃起)가 되지 않는다고 솔직하게 말했다. 동업자는 하나도 빠지지 않게 열심히 통역을 했고 간간이 의사 선생님께 고개를 끄덕이며 호응을 해 줬다. 동업자는 일본 의사 선생님이 말하는 대로 지시를 받아 둘째 큰아버지에게 팬티를 제외하고 모두 벗으라고 했다. 의사 선생님은 청진기로 이곳저곳 진찰했고 야릇하게 웃기도 하다가, 고개를 좌우로 흔들기도 했다. 둘째 큰아버지는 궁금해서 미칠 지경이었다. 그래서 동업자에게 물었다.

"의사 선생님이 뭐라고 하니껴?"

동업자는 집게손가락을 본인의 입술에 갖다 대면서 조용히 하라고 했다.

"쉿……."

의사 선생님은 벗은 몸을 이곳저곳 샅샅이 훑어 보고는 가방을 열어 약과 주사기를 꺼내 들었다. 그리고는 누워 있는 둘째 큰아버지의 상박(上膊)에다 주사를 놓았다. 얄궂은 액체가 몸속으로 들어가나 싶더니 조금 시간이 지나니 뜨끈한 열기가 몸을 데우는 듯이 은근해져 왔다. 그리고는 약발이 받는지 고환(睾丸)까지 열기가 전해 오는 것 같았다. 숨도 조심해서 쉬었다. 그렇게 경이롭고 엄숙한 순간은 처음이었다. 조금 시간이 지났을 때쯤 기분이 야릇했다. 구름 위를 떠다니는 듯이 기분이 좋았다. 스스로 웃기도 하고 지금 펼쳐진 방 안이 아름답게만 보였다. 콧노래로 아리랑을 흥얼거렸다. 침묵을 깨고 일본 의사는 몇 마디의 말을 했고 동업자가 통역을 해서 말해 줬다.

"곧 낫게 될 것이며, 몇 번 더 주사를 맞으면 완전히 성 장애에서 해방이 될 것입니다."

둘째 큰아버지는 들뜬 기분으로 "고맙습니다. 고맙습니다?" 라고 외치며 감사의 표시를 했다. 잠시 일본 의사는 주섬주섬 청진기와 약을 챙겨서 자리를 떴고 둘째 큰아버지는 졸음이 와 그 여관방에서 잠을 자고 다음 날 금은방으로 출근했다.

십여 년 동안 병명도 모르고 누구에게도 말할 수 없는 고민 속에서 떳떳한 치료조차 받아 본 경험이 없었지만 일본의 유명한 의사의 진료와 주사 처방까지 받았으니 이제는 여한이 없다는 생각이 들었다.

금은방으로 출근하여 동업자를 만난 큰아버지는 다짜고짜 일본 의사의 안부를 물으며 약의 효과가 있으니 오늘도 주사를 맞도록 해 달라고 부탁했고, 동업자는 의사의 진료 일정상 오늘은 안 된다고 거부했다. 그런 일로 두 사람은 옥신각신하기까지 했다. 할 수 없이 동업자가 일본 의사에게 전화해서 내일은 꼭 진료를 받을 수 있도록 일정을 받아 놨다고 안심을 시켜 진정이 되었다.

그렇게 둘째 큰아버지는 주사를 수시로 맞았고 이제는 그 주사를 맞지 않으면 숨을 쉴 수도, 잠을 잘 수도 없게 되었고 정신적으로도 예민해져 난폭한 행동을 일삼게 되어 경찰서에도 끌려가게 되었다. 그러던 어느 날 금은방으로 출근했는데 문이 굳게 닫혀 있었다. 생활의 터전인 금은방이 닫혀 있어 어찌 된 영문인지 궁금하기도 했지만, 주사를 맞고 싶은 충동이 더 강하게 느껴졌다. 갑자기 화가 났다. 주변 가게에서 쌓아 둔 유리병 몇 박스를 닫혀 있는 금은방 문을 향해 던져 버렸다. 둘째 큰아버지는 그렇게 후쿠오카 주오구(中央区) 일대를 난장판으로 만들어 다시 경찰서로 끌려가서 횡설수설했다. 곧 인근의 병원에 옮겨져 아편 중독으로 판명이 났고 결국 일본국립마약센터로 이송이 되었다. 그곳에서 수십 년을 치료받다가 환갑을 막 지난 나이에 죽어 화장이 된 유골이 고향 가도실로 돌아왔다. 그래도 수십 년을 살았던 일본이니 그쪽으로 조금이라도 더 가까운 곳의 야산에 뿌려졌다.

큰아버지는 둘째 큰아버지가 죽고도 삼십 년은 더 살다가 후쿠오카에서 죽었고, 한국 쪽이 잘 보이는 북쪽의 야산에 묻혀 혼이라도 한국을 그리워하며 잠들고 있다.

할머니는 삼 형제를 낳아 성장시켰으나, 멀리 일본에서 두 형제를 잃는 기막힌 운명을 만들었다. 그래서 막내아들과 며느리에게는 많은 자식을 낳기를 종용했다.

"낳아라, 더 낳아야 된다."라고 말이다.

새어머니

어머니가 죽고 3년이 지났다.

할머니는 죽은 며느리를 보내기 위하여 곡(哭)은 하지 않았으나 매일 아침과 저녁으로 상식(上食)을 올려야 했고 그뿐만 아니라 초하룻날과 보름날 아침에 지내는 삭망(朔望)이라는 제사상에 3년간 음식을 해 댔다. 폭염으로 찌는 한여름이나 칼끝처럼 매서운 겨울을 반복한 3년 동안의 시간을 이겨낸 뒤에야 며느리의 죽은 영혼까지 보낼 수 있었다. 십여 년 전 시아버지와 시어머니 탈상은 며느리로서 당연히 해야 되는 법도라고 생각했다. 그러나 예상치도 못하고 며느리의 탈상에 꽉 묶여 옴짝달싹도 못 하는 지경에 놓인 시어머니인 자신의 팔자를 곰곰이 회상해 봤다. 천상천하 어디에도 없으며 얼토당토아니한 일이라 개탄했다. 어디 그뿐이랴! 손자와 손녀가 일곱으로 도시락을 많이 쌀 때는 다섯 개나 준비해야 되니, 없는 살림에 반찬 준비가 가장 고민거리였다. 봄부터는 채소며 먹을거리가 풍성해서 그런 대로 쉽게 재료를 구할 수 있었지만 겨울이 되면 그놈의 도시락 반찬 때문에 걱정이 말이 아니었다. 숨이 턱턱 막힐 지경이었다. 그나마 겨울 방학이라는 게 있어 도시락을 싸지 않아도 되었고 그 틈에 할머니는 한숨을 돌리고 새 학기를 맞았다. 학교에서 점심시간이 되면 교실에서 반찬을 쭉 펴고 먹을 텐데, 손주들이 어미 없는 자식이라 반찬이 초라하다는 친구들의 측은지심을 얻지 않아야 된다고 생각하니 더 정성을 쏟고 싶으나 먹거리가 시원찮은 현실이 답답했다.

어느덧 막내 손자 현성이도 초등학교에 들어갈 나이가 되었다. 성한 며느리가 저세상으로 떠날 때는 사람의 목숨이 참 허무하고 아무것도 아니다 싶었는데, 막내 손자 현성이가 성장하는 것을 보면 '사람의 목숨이 참 모질다.'라는 생각도 들었다. 엄마 없이 젖을 겨우 뗀 아이가 알차게 성장을 해서 학교에 들어간다니 말이다. 어린아이가 속이 꽉 차서 보채지도 않아 대견하기도 했지만 한편으로는 어린 마음에 얼마나 상처를 받았을까 싶어 억장이 무너졌다. 그럴 때마다 할머니는 '그래. 몸 성히만 커라. 더 알차게 우뚝 설 테니까!'라고 스스로 위안을 삼았다.

3년 상(喪) 중에도 그랬지만 탈상이 끝났음에도 아버지는 갈피를 잡지 못했다. 허무한 세상과 자신의 팔자를 탓하면서 술주정으로 일관해서 할머니가 자주 핀잔을 주었다. 어머니가 죽어서 그런 것도 있지만 아버지의 주정은 믿는 구석인 할머니가 있었기 때문인 것이 컸다. 그 상황에서 할머니가 없었더라면 아버지가 우리 7남매를 먹이고 성장시키기 위하여 정신을 더 차렸을 수도 있고, 아니면 더 방탕하게 굴어 가족 모두 뿔뿔이 흩어져 각자가 목숨을 연명하기도 바빴을 수도 있다.

아버지의 주정이 심해질수록 우리 7남매는 말수가 더 줄어들었다. 동네의 친구들과 어울려 노는 횟수가 줄어든 것도 당연했다. 학교에 가서도 활달하지 못하고 구석에 처박혀서 있는 둥 마는 둥 했다. 내가 학교 친구들에게 얻어터지기라도 할 때면 동네 형들이 어디서 그 소리를 들었는지 득달같이 우르르 몰려와 때린 아이를 혼내 주곤 했다. 엄마 없는 아이의 기를 살려 주려고 말이다. 어머니의 죽음으로 인해 야생으로 버려졌지만, 어떻게 보면 온실에서 성장하는 것보다 더 야들야들해지고 위축되었다.

할머니는 부엌살림이 지긋지긋했다. 물론 여동생 현옥이가 곁에서 알뜰살뜰하게 돕긴 했지만 중학생이 막 되었으니 아직은 고사리손이라고 보는 게 맞았다. 할아버지와 할머니는 주정으로 정신을 놓는 날이 많은 아버지의 정신을 어떻게든 돌려놓을 방법을 찾아야 했다. 아버지는 아내를 떠나보내고 막 탈상했지만 아직은 삼십 대 초반의 불같은 남자였다.

그래서 할아버지와 할머니는 새 며느리를 얻는 데 혈안이 되었다. 동네의 느티나무 아래서, 공동 빨래터에서 방망이질을 하면서도 새 며느리를 얻어야 되니 중신해 달라고 부탁했다. 오일장에 가서도 며느릿감을 소개해 주는 조건으로 막걸리 값을 지불하고는 굳은 악수를 청하던 할아버지였다.

그러면서도 새 며느리의 조건이 있었다. 자식을 낳을 수 없는 여자여야만 된다는 것이었다. 지금도 자식이 일곱으로 적지 않은데 또 후처의 자식으로 줄줄이 새끼줄 엮듯이 엮어지면 뒷감당이 안 되고, 또 배다른 전처소생과 후처 소생이 아옹다옹하며 다투기라도 하면 그런 일은 못 본다는 것이 이유였다. 그것을 들은 옆집 할머니가 그런 경우가 어디에 있냐며 따져 물었다.

"며느리 살아생전에는 손주가 일곱도 적다며 더 낳으라 해 놓고, 지금은 아이를 못 낳는 며느리를 얻겠다면 앞뒤가 안 맞지 않느냐?"

할머니는 미안하게 되었다며 연신 굽신거리며 그 말에 대답했다.

"누구보다 우리 집 사정을 잘 알면서 왜 그러냐……."

가만히 생각해 보면 새 며느리를 얻는 게 아니라 부엌데기나 일꾼을 얻는 격이었다. 새 며느리는 여자의 생리 구조상 잉태를 할 수 없어야 하고, 전처가 낳은 일곱 아이를 거두는 것은 당연했으며, 그러는 사이사이 농사일을 돕지 않으면 농사꾼의 안댁을 포기하는 것이나 마찬가지이니 농사일도 부단히 해야 했다. 그러나 그 많은 일을 누가 쳐 나가겠는가! 가도실 앞들이며, 치실 정미소 옆의 물터지 논이며, 중학교 옆의 구부골, 탑골, 재마지골, 송가지골까지 골마다 혹처럼 툭툭 쳐 박혀 있는 논뙈기 뙈기가 손짓을 하는데 그야말로 부엌에만 있을 수 있을까? 그러한 사정을 알면서도 누가 쉽사리 이 집의 후처(後妻)로 오겠는가! 그뿐인가? 길쌈으로 힘써야 하는 것은 어떠하고?

하루는 여자 행상꾼이 왔다. 거짓말 조금 보태 소달구지에 실을 양의 체를 머리로 이고 이 동네 저 동네를 다녔다. 숫자로는 이삼십 개는 돼 보이는 체를 쳇바퀴의 고리에 얼기설기 연결해서 한 뭉치를 만들어 머리로 이고 우리 집을 찾아왔다. 할머니는 반갑게 맞이하며 무거워 보이는 체 뭉치를 그 여자의 머리에서 처마에 내리도록 도왔다. 그리고는 시원한 우물물을 한 바가지 내밀었다. 바가지를 들자마자 꿀꺽꿀꺽 사정없이 마시더니 바가지를 내려놓으며 한 마디를 뱉어내었다.

"아이고, 이제 살 만하네!"

할머니는 측은하게 바라보며 말을 붙였다.

"밥은 먹고 다니껴?"

"여 위 금당리 동네에서 점심을 먹고 동네마다 들렀더니 배가 다 꺼졌네요?"

"저런, 많이 시장하겠니더? 이거 먹던 거지만 깨끗하이더?"

할머니는 행상꾼에게 찐 감자와 옥수수를 내밀었다. 배가 많이 고팠던지 여자 행상꾼은 사양 없이 먼저 옥수수를 들더니 게 눈 감추듯 하나를 먹어 치웠다. 할머니는 마음속으로 저 많은 체를 이고 온 동네를 다녔으니 장사(壯士)라도 못 견딜 텐데 하면서 나머지도 자꾸 먹으라고 권했다. 꽤 많은 감자와 옥수수가 거의 바닥이 날 정도로 허겁지겁 먹고는 꺼억 트림을 했다. 한편은 측은하고 또 다르게는 음식을 맛있게 먹어 기분이 좋았다. 할머니는 행상꾼에게 어디서 출발해서 왔느냐, 남편은 있느냐, 그럼 자식은 있느냐, 이렇게 나오면 집에서 밥은 누가 하느냐, 이렇게 힘들이지 말고 다르게 사는 방법은 없느냐 등을 물으며 소탈하고 숨김없이 궁금증을 털어놓았다.

할머니도 며느리가 죽은 후 적적하고 외로웠다. 가족을 잃는다는 것은 세상을 잃는 것이라 먼저 떠난 며느리를 따라 죽고 싶을 때도 있었다. 가까운 사람들조차 만나고 싶지 않아 스스로를 갇히게 하였다. 동네에서 며느리를 구박하는 시어머니의 모습을 보면 복에 겨워 저 짓을 하네 하며 눈에 든 가시처럼 보였다. 반대로 며느리와 밥상에서 이야기를 나누는 고부(姑婦)간의 모습, 긴 고랑의 밭에서 김매는 고부간의 모습이 정겨워 보였다. 할머니도 그런 적이 있었나 할 정도로 부럽고 나아가서는 시기하고 질투를 하게 되니 그들과는 만나기도 싫고 대화하기도 싫은 외톨이가 되어가고 있었다. 핑계로는 7남매의 손주들을 돌봐야 된다고는 하지만 속내는 그들의 평범한 일상이 아니꼽게 보였다.

그러던 차에 할머니보다 더 힘들게 살고 있는 체 파는 행상꾼 여자를 만나게 되자 그 사람과 비교해 보았을 때 할머니는 자신이 덜 고생하고 더 행복하다고 스스로 위안을 받았다. 이런저런 이야기를 하다가 보니 저녁밥 때가 되었다. 내심 잠자는 곳도 걱정이 되던 차에 할머니는 그 여자에게 저녁밥을 먹고 우리 집에서 자고 갈 것을 권유했다. 여자는 그렇지 않아도 잘 곳이 마땅치 않던 차에 마음속으로 쾌재를 부르며 말했다.

"제가 먼저 말할까 하고 생각하던 참이었는데…… 재워 주신다면야 감사하죠! 마땅하게 갈 곳도 없고요?"

그러면서 쳇바퀴를 움켜쥐며 묶었던 끈을 풀더니 체 하나를 내놓았다. 밥값이며 잠자는 값을 쳐서 하나를 주고 싶다고 이야기했다. 할머니는 손사래를 치면서 그럴 수는 없다며 광에 가더니 참깨를 한 되 가지고 와 풀어헤치며 말했다.

"어렵게 행상을 하는데 어째 받을 수 있니껴. 이거라도 보태 차비 하이소! 참깨가 다른 곡식보다 가볍니더. 그렇지 않아도 짐 무게를 줄여도 시원찮은데 점점 늘어나서 미안하이더?"

그러면서 계속 이야기했다.

"내일은 이곳에 오일장이 섭니더. 돈 대신에 곡식으로 받은 것을 팔아 무게를 줄이소."

그녀의 짐 보따리에는 체 이외에 자루 하나가 더 있었는데 그 안에는 온 동네에서 받은 곡식이 올망졸망하게 수북했다.

할머니는 그녀의 체 보따리에서 이것저것을 만져 보고 위아래를 돌려 보기도 하고 체 망을 뚫어지게 보기도 하다가 바닥의 구멍이 굵은 어레미 체도 보고 떡 가루를 칠 때 필요한 가늘고 구멍이 잔 고운체도 돌아가면서 봤다. 그리고는 그녀에게 말했다.

"고운체, 이거 할랍니더."

할머니는 행상꾼을 재워 주고 밥도 주고 참깨 한 되도 주어서 고운체 하나를 장만할 수 있었다.

두 사람은 잠자리에 누워서도 소곤소곤거렸다. 젊은 여인이 행상을 할 지경이니 팔자가 순탄하지는 않았다. 남편이 순둥이라서 술을 좋아하고 친구를 좋아하고 그러다 보니 노름까지 좋아했다. 삼일 밤낮으로 집에 들어오지도 않았다. 그래서 살아야겠다고 결심하고 초등학교를 막 졸업한 큰딸을 집에다 붙들어

놓고 이렇게 행상 길에 나섰다고 했다. 이렇게 나오면 한 달포 씩 집으로 못 들어간다고 했다. 대신 큰딸이 나머지 동생 셋에 게 밥해 먹이고 씻기고 학교를 보내고 하는 어머니 역할을 하고 있다고 했다. 집에 돌아가면 한 보름 동안 밀린 일이며, 다음 동 네로 가지고 가서 팔아야 할 체를 구하고 준비해서 또 다른 지 방으로 간다고 했다.

이번에는 충청도 보은에서 버스를 타고 경상도 상주를 거쳐 의성 다인과 안계, 안동 풍천을 거쳐 의성 신평 검곡리 동네를 거쳐 검실재를 넘어 누곡과 금당리, 미치골, 창길에 들렀다가 이곳 가도실에 왔다고 했다.

그때를 놓치지 않고 할머니가 그녀를 향해 돌아누우며 차근 하게 말했다.

한국 천지를 다 다니니 이런저런 사람들도 많이 만날 것 아니 겠냐며, 먼저 성사가 되면 사례를 톡톡히 한다고 밑밥을 던져 놓고 말을 했다.

"우리 며느릿감 중신 좀 서 주이소!"

그녀는 잘 알겠다고 대답을 하고는 말을 이어나갔다.

"아까 밥상에서 보니 고만고만한 아이들이 꽤나 많던데 그 아 이들은 누구네 아이입니까?"

할머니는 머쓱하다는 듯이 씨익 웃으면서 대답했다.

"그래서 말인데 새 며느리가 들어오면 저 아이들을 거두어야 되니더. 저 일곱을 놓고 며느리 혼자 죽었니더. 참 매정한 어미 죠?"

"아이고, 안됐네요. 그런데 저 많은 자식이 있는데 누가 시집 올 여자가 있겠어요?"

"그래서 며느리가 들어오면 그 앞으로 논밭을 뚝 떼어 줄 요량입니더. 그리고 참, 자식을 낳을 수 없는 여자라야 됩니다."

"허 참! 쉽지는 않겠네요? 전처의 자식이 일곱인데 설상가상으로 자신의 자식은 낳으면 안 되고! 어쨌든…… 알았습니다."

"꼭 부탁하니더. 성사만 되면 섭섭지 않게 해 드리겠습니더."

"이 집 주소가 어떻게 됩니까? 적절한 여자가 생기면 먼저 편지라도 할게요. 이 많은 체를 가지고 올 수도 없거니와 어디에 보관하고 급히 버스를 타고 올 수는 없으니……."

그렇게 해서 여자 행상꾼과 헤어진 지 해포가 지났다. 눈이 오고 난 후 녹고 싹이 돋아 꽃이 피었다. 할머니도 일곱 남매의 치다꺼리와 들일을 하느라고 까마득히 잊고 있었다. 또 그 여자 행상꾼이 할머니가 새 며느리를 구한다고 할 때 자식이 많다는 것과 본인 몸으로 자식을 낳을 수 없는 여자라야 된다는 말에 비명에 가깝게 부정했기 때문이기도 했다. 기대도 하지도 않고 잊고 있었는데 편지가 왔다. 여동생 현옥이가 동네 모퉁이에서 우체부를 만났는데 할머니 편지라며 받아 왔던 것이다. 한글 읽기가 유창하지 못한 할머니임을 잘 아는 여동생이 편지를 뜯고는 읽기 시작했다. 또한 편지를 쓴 사람의 글도 한글의 받침이 바람에 날아가 버리고 초성과 중성만 온전히 지키고 있어 읽는 사람이 가늠해서 읽어야 될 판이었다.

편지의 내용은 신평 검곡리 동네에 사는 여자가 가도실로 결혼할 뜻을 비추었으나, 체 파는 여자도 직접 만나 보지는 못했다는 것이었다. 또, 재혼할 의향만 전갈(傳喝)이 왔고 조만간에 자신이 검곡리에 가서 일이 되도록 주선하겠다는 내용이었다.

할머니는 마음이 뛸 듯이 기뻤다. 지성이면 감천이라더니 여기저기 만나는 사람마다 정성을 쏟으며 부탁했더니 일이 성사되는구나 싶어 흐뭇하고 흡족했다. 그러나 편지를 읽어 준 현옥이는 가슴이 철렁했다. 사춘기가 찾아온 예민한 중학생인데, 새 어머니가 오면 모든 것이 뒤틀릴 텐데 어떻게 맞추며 살까 하고 걱정이 앞섰다. 첫 번째는 마음씨가 고운 사람일까 싶은 걱정이었다. 시도 때도 없이 심술을 부리고 찌뿌둥한 표정을 짓고 있으면 할아버지, 할머니 등 온 식구가 불편할 것 같아 어떡해야 하나 싶고 갑자기 죽은 어머니가 보고 싶었다. 갑자기 서럽게 그냥 눈물이 나왔으며 울면서 저절로 나오는 노래를 흥얼거렸다.

엄마가 섬 그늘에 굴 따러 가면
아기가 혼자 남아 집을 보다가
바다가 불러주는 자장노래에
팔 베고 스르르르 잠이 듭니다

아기는 잠을 곤히 자고 있지만
갈매기 울음소리 맘이 설레어
다 못 찬 굴 바구니 머리에 이고
엄마는 모랫길을 달려옵니다.

현옥이는 할머니에게 편지를 읽어 주면서 알게 되었듯이 새어머니가 우리 집으로 온다는 사실을 오빠며 동생들에게 일러 줘야 되는지 아니면 혼자만 알고 있어야 되는지 끙끙대며 고민을 했다. 울고 났더니 머리가 빠개질 듯이 아프면서 졸음이 왔다.

일단은 좀 자고 일어나 생각한 뒤에 결정해도 늦지 않겠다고 생각했다. 지금 당장 새어머니가 오는 것이 아니고 편지 내용대로 우리 집으로 올 의향이 있다고만 했기 때문이다. 할머니는 편지를 받는 것으로 만족하고 답장을 쓸 생각은 하지도 못했다. 여름의 폭염을 이겨낸 가도실 앞들에 나락이 소담스럽게 패서 바람에 일렁거렸다. 동네 사람들이 삼삼오오 모여 추석이 지나면 곧 쌀밥을 먹을 수 있겠구나 하며 희망에 부풀어 있었다. 매년 벼 수확할 때쯤 밀어닥치는 태풍만 잘 피해 가면 풍년은 확실하다며 내심 기대하고 있었다.

솔잿등과 인동골에 심어진 복숭아밭에는 앙증맞은 과실이 발그레하게 익어가고 있었다. 겨우내 가지치기를 한 덕분에 넉넉하게 양분을 공급받아 꽃을 피웠고, 많은 열매가 맺혔다. 굵은 복숭아를 수확하려는 욕심으로 어린 열매는 솎아 주었기에 크고 탐스러운 복숭아가 익어가고 있었다.

아마 늦여름과 초가을 사이쯤 되었을 것이다. 여자 두 명이 불현듯 할머니를 찾아왔다. 마당을 쓸던 할머니는 알 듯 모를 듯한 두 사람을 쳐다보며 인사했다.

"몇 번 얼굴을 보기는 했던 것 같은데……?"

두 사람 중에 한 여자가 할머니의 이야기에 대답했다.

새어머니   **151**

"저를 잠까지 재워 주셨으면서……. 작년에 왔던 체 행상꾼입니다."

할머니는 뚫어질 듯 쳐다본 후 반가워 손뼉을 치면서 그 여자들에게 "맞다, 맞어!"하고 툇마루를 가리키며 그곳에 걸터앉으라고 했다. 체 행상꾼은 성큼성큼 걸어가 마루에 엉덩이를 깔고 앉았다. 그러나 체 행상꾼과 같이 온 젊은 여자는 머뭇머뭇하면서 그 자리를 맴돌았으며 봇짐을 움켜잡고 어쩔 줄을 몰라 했다. 마루에 걸터앉은 체 행상꾼이 손짓하며 마루로 올라오라고 하니 마지못해 마루 기둥 뒤로 우두커니 서서 시선은 사립문으로 두고 멀뚱했다. 이윽고 체 행상꾼이 입을 열고 젊은 여자를 할머니에게 소개했다.

"일전에 편지를 보냈는데……? 그 사람입니다."

할머니가 체 행상꾼의 말에 대답했다.

"편지는 잘 받았니더만 보낸 주소도 없고 해서 답장을 못 썼니더."

그리고는 고개를 돌려 젊은 여자를 보면서 인사했다.

"먼 길 오느라 고생이 많았니더. 여기로 좀 걸터앉으소?"

젊은 여자는 쭈뼛쭈뼛하더니 체 행상꾼 뒤로 가서 가시방석처럼 걸터앉았다.

곧이어 할머니가 "내 정신 봐라!"라고 화들짝 놀라면서 부엌으로 가 다과상에 음식을 내오며 말했다.

"시골이라 내놓을 게 마땅치 않니더. 마침 옆집에서 감주(甘酒)를 좀 주길래……. 목이나 축이소."

　　　　　　　　　　　가도실 칸타타

체 행상꾼은 대접을 들더니 사양 없이 꿀꺽꿀꺽 단숨에 마셨다. 그리고는 할머니를 쳐다보며 말했다.

"얼마나 갈증이 났던지……."

그리고는 뒤에 앉은 젊은 여자를 보고 말을 건넸다.

"갈증 날 텐데 한 모금 마셔 봐요."

그러면서 식기를 들어 젊은 여자에게 건네줬다. 젊은 여자는 식기를 두 손으로 조심스럽게 받더니 소리 없이 두서너 모금을 마시고는 식기를 마루에 내려놓았다.

이윽고 조바심이 났는지 할머니가 젊은 여자를 쳐다보면서 말했다.

"우리 집 며느리로 온다는 것이 맞니껴?"

젊은 여자가 기어 들어가는 목소리로 대답했다.

"예."

"그럼, 지금부터 내가 말을 놓네. 그렇게 해도 될라?"

"되고 말고요."

그때부터 할머니는 방금처럼 서로가 생판 처음 만난 사이가 아니라, 마치 자신은 대청 위 높은 곳에서 내려다보며 마당에서 조아리고 있는 하인을 다루듯이 하대(下待)를 하며 주도권을 행사해 나갔다.

"성씨는 어찌 되는가?"

"전 가입니다."

"그래, 집은 어딘고?"

"예, 신평 검곡리이더."

"검곡리라 하면 아랫 검곡이 있고 윗 검곡이 있지 않은가?"

젊은 여자는 움찔 놀라면서 답했다.

"예, 윗 검곡입니다만 그쪽을 잘 아시니껴?"

"당연지사지? 그래 우리 집의 사정은 어디까지 아는가?"

"……."

체 행상꾼이 침묵을 깨고 말했다.

"자식이 일곱 있고, 며느리로 들어오면 논밭을 뚝 떼어 준다고 전했습니다."

할머니가 체 행상꾼의 이야기를 받아 말했다.

"내가 그랬지요? 맞니더. 근데 더 중요한 것이 빠졌네요?"

할머니는 다시 젊은 여자를 쳐다보며 쐐기를 박듯이 물었다.

"자식은……?"

젊은 여자는 쭈뼛쭈뼛하며 말을 못 했다. 할머니는 빤히 쳐다보며 추궁하듯이 물었다.

"사식이 있는지 없는지를 물었니더?"

"생기지 않아서 쫓겨……."

할머니는 결론을 내겠다는 각오로 당돌하게 물었다.

"그래서 이 집 며느리로 들어올 의향이 있다는 거냐?"

"예, 맞니더."

"그럼, 됐다. 신발을 벗고 방으로 들어가자."

안방에 할머니와 중신어미 체 행상꾼과 젊은 여자, 셋이서 앉았다. 방으로 들어온 후부터는 할머니가 상대방의 의견을 물어볼 것도 없이 혼자 이야기를 쭉 이어 나갔다. 안방 살림살이는 홀쩍 새 며느리에게 못 넘겨준다. 큰살림이든 작은 살림이든 규모가 있는 법인데 매일 밥 해 먹는 쌀부터 밥에 섞는 잡곡이며 양념까지도 날포의 분량(分量)이 있고, 사이사이 대소가(大小家) 큰일이며, 시아버지 생신이며, 제사상이 일 년에 여섯 번이 있고…….

새어머니는 듣는 척했지만 할머니가 말하는 것이 귀로 하나도 들어오지 않았다. 삼십 리 길을 고무신에 버선을 신고 왔더니 발이 아프기도 하거니와 온몸이 쑤셔 피곤하기 이를 데 없었다. 친정 검곡리에서 출발할 때는 버스를 타기로 했다. 하루에 두 번 다니던 버스가 마침 비가 와 다니지 않았다. 문제는 체 행상꾼의 일정이 빠듯했다. 이삼일 요량으로 중신을 봐 주면 되리라 생각했으며, 집에서 기다리는 아이들도 그렇지만 또 체를 메고 다니고 팔아야 입에 풀칠할 땟거리와 노자가 생기는 것은 당연했다. 노는 입에 염불한다고 꿈적거려야 온 식구가 연명되는 것임을 잘 알기 때문이다. 그중에도 구미가 당긴 것은 할머니가 새 며느리를 얻고자 하던 간절함과 중신 일이 성사되면 섭섭잖게 해 준다는 밑밥이 사람을 끌어들이는 계기가 되었다.

비가 오는 날이면 질퍽한 가운데에도 검실재 정상에서 신평 검곡리 쪽은 그런대로 다닐 만하지만 누곡 쪽 강상지(池) 부근은 길이 진창이 되어 버스는 가지도 오지도 못하는 지경이 되고 만다. 그래서 할 수 없이 걸어서라도 가자고 나선 것이다. 검실재를 올라서니 누곡에서 불어오는 맞바람이 오장육부까지 시원하게 해 주었다. 장차 닥쳐올 새 시집의 옹색함은 뒷전이고 그 바람을 폐 깊숙이 당겨 들였다. 그리고는 눈을 감았더니 주르 륵 눈물이 흘렀다. 풍천의 넓은 들이며 깊은 계곡이 만들어 준 우람한 산들이 떠올랐다. 그곳 첫 시집에서 문전박대(門前薄待)로 소박을 당해 들개처럼 헤매던 지난 시간이 떠올랐다. 동짓날 칼날 같은 추위 속에서 꺼이꺼이 눈물을 삼키며 허허벌판의 바람과 함께 펄럭이던 무명 치마를 입었지만 그래도 얼어 죽지 않고 친정 검곡리에 도착한 것은 삼신 할매가 보살펴 준 덕분이라고 믿고 있다. 자식이 무엇이며, 아들이 무슨 대수라고 한 여자의 목숨을 헌신짝처럼 던져 버린 바위 산 아래 고래등 같은 그 기와집을 저주하며 보란 듯이 살아야겠다고 의지를 다졌다. 약 1,300여 년 전 당(唐)나라 때 율령법(律令法)에서 시작이 된 칠거지악(七去之惡)이 혼인한 여자들에게는 최고의 악법이 되었다. 며느리를 시집에서 내쫓을 수 있는 일곱 가지 중의 하나 때문에 안동 풍천에서 버림을 받아 쫓겨났다. 지금이 1,300년 전이라는 말인가. 아! 원통하고 분하니 죽어서도 절대 잊지 않으리라 마음을 다졌다. 한참을 울고 잔잔해질 무렵을 기다렸다가 체 행상꾼이 "제가 먼저 출발합니다."라고 하며 데리고 온 새 며느리를 남겨 놓고 길을 재촉했다.

할머니는 새어머니는 듣거나 말거나 본인의 이야기를 계속 이어갔다. 이 집 어른이 관여하는 바깥 살림에는 중학생인 큰손자 현태와 현도, 현옥이가 3개월에 한 번씩 내야 하는 공납금(公

納金)과, 농약 값, 비료 값 등이 해당된다고 했다.

오늘 저녁밥은 할머니가 지을 테니 뒤에서 지켜보기나 하고 잠도 오늘은 안방에서 우리 셋이서 자고 내일부터 아들하고 잘 방을 꾸며 줄 테니 그리 알라고 했다.

새어머니는 변소를 가고 싶었다. 그래서 기어 들어가는 소리로 말을 꺼냈다.

"저, 변소는……?"

할머니가 금세 알아차리고 "사립문 옆이 변소 채다."라고 가르쳐 줬다.

변소를 갔다 오는데 웬 남정네와 눈이 마주쳤다. 서로 멀뚱거리다가 왼고개를 젓고는 종종걸음으로 안방으로 들어왔다.

할머니는 체 행상꾼과 새 며느리더러 이야기를 나누라고 하고는 할아버지 방으로 건너왔다. 그리고는 온 식구를 모이라고 했는데, 온 식구라야 할아버지와 아버지, 그리고 우리 7남매가 전부였다. 그 자리에서 새어머니가 오늘 우리 집으로 왔으며 저녁밥을 먹기 전에 얼굴을 보면서 인사를 나누자고 했다. 오늘 밤잠은 중신어미와 함께 안방에서 잘 터이니 그리 알라고 했다. 그러면서 중신어미에게 줄 넉넉한 사례비와 차비를 준비해 놓으라고 할아버지에게 부탁하고 안방으로 건너왔다.

우리 집안에 사정이 있기는 하지만 아버지와 평생을 살아야 할 부부의 관계인데 아버지의 선택과 의견은 전혀 고려되지 않았다. 마음에 들지 않는다거나 또는 외모가 이상형이 아니라서 싫은 내색도 할 수 없었고 말할 자격도 발언권도 없었다. 뿐만 아니라 새어머니가 지금 안방에 있다는데 얼굴도 보여 주지 않았으니 서로 인사를 못 한 것은 당연했다. 새어머니가 우리 집으로 오는 순간 모든 결정은 완료되었고 어느 누구도 토를 달 수가 없었다. 새어머니가 우리 집으로 온 결정에 모두 무조건 찬성하면서 받아들여야 하는 분위기였다. 하늘에서 뚝 떨어져 우리 집 안방에 있으니 하늘이 맺어 준 운명 같은 인연이었다. 어디 그뿐이랴! 새색시가 연지 곤지와 족두리는 안 할지라도 온 동네가 수선을 피우고 잔치를 벌여야 되는 것이 아닌가? 갓 시집온 색시를 보려고 동네 아낙들이 몰려다니는 것도 없고 웃음도 없었고 온 가족이 눈만 멀뚱멀뚱했으며 시큰둥하고 무표정한 얼굴이었다.

저녁 밥상이 차려졌다. 세 개였다. 할아버지만 외상을 혼자 우두커니 차지했다. 나머지는 두리상 두 개로 아버지와 나와 남자들이 둘러앉고, 또 하나는 할머니와 새어머니와 여동생 현옥이와 막내 현성이가 앉았다.

식사를 하기 전에 할머니가 새어머니를 소개를 하면서 오늘부터 우리 식구로 같이 살게 되었다고 말했다. 그리고는 새어머니를 일어나라고 하더니 할아버지에게 절을 시켰다. 방 안이라 좁기도 했지만 상이 펴져 있으니 손 뻗을 틈이 없어 우물쭈물했다. 할머니는 혼례도 아니니 반절(半)을 하라고 시켰고 새어머니는 반절을 했다. 할아버지는 이런저런 덕담은 없었으며 평상시부터 습관처럼 잘하던 최고 어른의 상징인 "에헴." 하는 큰 소리로 답했다. 곧이어 아버지를 일으켜 세우더니 맞절을 시켰다.

새어머니는 눈을 아래로 내려 방바닥을 보고 있었고 아버지는 아주 슬쩍 곁눈으로 새어머니를 쳐다봤다. 궁금하여 상상만 했는데 잠시 전에 사립문 옆 변소 채에서 스친 그 여자가 분명했다. 그리고는 나머지 7남매를 일어나게 하고는 절을 하라고 했고, 새어머니도 반절로 받아 주었다. 절이 끝나고 앉으려는데 할머니께서 또렷하게 우리들에게 말했다. 지금부터 너희들의 어머니이니 '엄마'라고 부르라고 했다. 할머니가 엄마라 부르라고 시켰는데 누구도 대답이 없자 목소리를 높여 다시 말했다.

"왜! 대답이 없노? 엄마라고 불러 봐라?"

우리 7남매는 기어 들어가는 소리로 새어머니에게 처음 '엄마'라고 불렀다.

"엄마."

마지막으로 할머니가 본인에게 절하는 것에 대하여 말했다.

"나는 절을 받은 것으로 하겠다. 이제까지 실컷 봤는데…… 그렇게 하세?"

"……."

그렇게 하여 새어머니가 우리 집으로 온 것이 간략하게나마 일단락이 되었다.

새어머니는 가도실에서 보낸 첫날밤을 뜬눈으로 하얗게 지새웠다. 본인 스스로 이곳으로 걸어서 왔기 때문에 누구를 탓할 수 없지만 그래도 자신이 한 선택을 되돌아보게 되었다. 엽전의 양면을 보듯이 밤새 이쪽 면도 저쪽 면도 뒤집어 봤다. 어슴푸레한 새벽에야 깜박 잠이 들었을 때쯤 첫닭이 울어 재꼈다.

닭의 울음소리에 잠이 막 깨서 다시 생각한 결심은 '이제 돌아갈 곳은 없다.'였다. 지금부터 자신의 팔자는 스스로 개척하리라 다짐을 했다. 옛말에 '여자 팔자는 뒤웅박 팔자'라고 했는데 새어머니는 그 말을 뒤집으려 각오했다. 뒤웅박이란, 박을 쪼개지 않은 채로 꼭지 근처에 구멍만 뚫거나 꼭지 부분을 베어 내고 속을 파낸 바가지를 말하는데, 이 뒤웅박에 부잣집에서는 금은 보화를 담고 가난한 집에서는 여물을 담았다고 한다. 그래서 여자는 부잣집으로 시집을 가느냐, 아니면 가난한 집에 시집을 가느냐에 따라 그 여자의 팔자가 결정된다는 뜻으로 쓰였다고 한다. 새어머니는 두 번째 시집에서 보란 듯이 살아 좋은 팔자를 만들 것이라 다짐했다. 눈을 떴으니 허리를 세우고 주섬주섬 옷을 입을 때쯤 옆자리에 누워 있던 할머니가 나지막하게 말했다.

"해 뜰 참까지 더 자거라! 이 집에서 하루 이틀 살 것이 아니잖은가? 오늘 아침밥까지는 내가 할 터이니 그리 알게!"

할 수 없이 다시 누워 잠을 청했다.

아침 밥상은 어제저녁 밥상과 같은 모습으로 차려졌다. 할아버지는 또 '에헴' 하며 안방으로 들어와 앉았고 새어머니는 할아버지에게 모깃소리로 잘 주무셨냐고 인사했다. 우리 7남매도 새어머니가 할아버지에게 인사한 뒤를 이어 우물쭈물하다가 저마다 기어들어가는 소리로 '엄마, 잘 주무셨니껴?'라고 아침 인사를 했다. 새어머니와 관련된 것에 익숙하지 않아 참 어색했다. 죽은 어머니와 그랬던 것처럼 편안함이 곧 오겠지라고 담담하게 생각하며 밥을 먹었다. 아침밥을 먹고 나서 할머니가 또렷한 목소리로 말을 했다.

"오늘 점심밥부터는 새엄마가 짓는다. 현옥이는 할머니를 돕던 것처럼 도와주고…… 모두 그리 알아라!"

할머니의 말이 막 끝나자 할아버지는 또 "에헴"을 부르짖었고 그 소리는 어떤 단체에서 수장(首長)이 의사봉(議事棒)을 두들겨 결정되었다고 선포한다는 소리처럼 들렸다. 할머니와 할아버지는 부창부수(夫唱婦隨) 역할을 하면서 집안을 단속하고 이끌어 갔다.

그날 부로 할머니가 새어머니를 부를 때는 '며늘아!'라는 호칭을 꼭 사용했으며 아버지를 조용히 불러 새어머니를 세심하게 잘 챙겨 줘야 한다고 당부했다. 누구보다 집안의 한 사람의 몫을 실감했던 할머니였다. 어머니가 죽고 안팎으로 몇 사람의 몫을 해냈던 할머니였다. 어머니의 3년 상은 당연지사이고 유일한 희망인 피붙이 일곱 명의 건사까지 끝내고 나니 모든 정신과 힘이 소진되어 죽을 것만 같았다. 마침 그러할 때 며느리가 될 사람이 본인의 발로 걸어서 들어온 것이었다. 그런 데다가 자식까지 낳을 수 없다고 하니 할머니와 할아버지가 바라던 최고의 며느릿감이 들어온 것이다. 복덩어리가 굴러들어 왔다고 생각했다. 그때 할머니는 생각했다. 사람이 죽으라는 법은 없다더니 꼭 자신의 형편을 두고 그 말이 만들어진 것 같다고.

새어머니와 아버지가 첫날밤을 보낼 방이 준비되었다. 신랑 신부가 첫날밤을 치르도록 새로 차린 신방이랄 것까지는 없지만 두 사람을 위하여 일곱 명의 자식들은 뿔뿔이 흩어져 갔다.

두서너 명은 할머니와 할아버지 방에서, 나머지 네다섯 명은 우리끼리 잤다.

아버지는 어머니가 죽고 난 뒤 여자와 잠자는 것은 처음이었다. 어떻게 보면 어머니의 죽음에 대한 슬픔과 신세 한탄으로 술주정뱅이 노릇만 하다 보니 3년 탈상을 하게 되었고 할머니와 할아버지께서 이러다가 잘못하면 아들을 잃어버리겠다는 위기감에 백방으로 며느릿감을 구하겠다고 노력해서 지금의 새며느리가 들어와 첫날밤을 보내고 있는 것이다. 아버지는 3년이라는 세월에 묻혀, 불 꺼진 방에서 도무지 여자를 대하는 방도가 생각나지 않았다. 서투른 것을 넘어 캄캄한 암흑세계였다. 일곱 자식을 낳은 전처와는 말없이도 척척 진행이 되었고 쿵 하면 담 너머 호박 떨어지는 소리라는 것까지 알았는데 여간 신경이 쓰이는 것이 아니었다. 그래도 정성스럽게 첫인사를 하는 것이 중요하겠다는 생각이 불현듯 떠올랐다. 불 꺼진 방 안에서 서로 표정은 볼 수 없었지만 목석같은 표정으로 천장(天障)을 쳐다보며 말을 붙였다.

"먼 곳 가도실까지 나를 찾아오느라 고생이 많았구료. 와 주셔서 고맙니더."

새어머니는 짧게 대답했다.

"예."

그다음에 뭘 물어봐야 할지 떠오르지 않는데 머리에 스친 게 있어 다시 말문을 열었다.

"친정이 검곡리 중에 윗 검곡이라고 들었니더?"

"예, 맞습니다."

"윗 검곡이면 어디쯤 살았니껴?"

"윗 검곡을 잘 아시니껴? 제가 이야기를 해도 잘 모를 낀데?"

"이모가 윗 검곡의 복숭아밭 주인이더. 그래서 종종 가서 잘 아니더."

"아! 그래요, 그 복숭아밭 뒷집이 우리 집이더."

"그러면 아래채 앞에 우물이 있고 바깥어른이 눈썹에 점이 있었는데……!"

"예, 그분이 저희 아버집니다."

아버지는 누웠던 상체를 벌떡 세워 앉으며 새어머니의 손을 불쑥 잡으며 말했다.

"혹시, 저 생각 안 나니껴?"

"얄궂게 무슨 소립니껴. 어떻게 지가 알 낍니껴?"

"이모 집에 가면 여름에 주전자를 들고 시원한 우물물을 받으러 갔니더? 고만고만한 딸들이 여럿 있더구먼요?"

"1남 3녀로 저가 둘째 딸입니다. 언니나 동생을 봤을 수도 안 있겠니껴?"

대화의 내용이 참 이상하게 진행되었다. 부부의 첫날밤이 아니라 모르는 남녀가 처음 만나 교제를 시작할 때 주고받는 대화의 내용이었다. 그러나 이모 집 뒷집에 살았다는 사실만으로 대화는 부드럽게 이어졌고, 깜짝 놀라 손까지 잡았으니 한 고개를 넘은 것과 진배없었다.

아버지는 내심 쾌재를 불렀으며 욕정이 꿈틀거렸다. 3년 동안 간과한 세월 속에서 여자를 다루는 솜씨마저 썩어 버린 현실에 많이 놀랐다. 어떻게든 빨리 중심부에 진입하고 싶은 생각밖에 없었다. 그리고는 서서히 손을 움직여 재차 손을 잡았다. 잡는 순간 새어머니의 손을 뿌리쳐 놓을 뻔했을 정도로 차갑고 감각이 없었다. 어둠 속에서지만 새어머니의 눈가에 희뜩한 액체가 흘러 울고 있다는 것을 알 수 있었다. 아버지는 서서히 몸을 돌려 새어머니를 감싸 안았다. 그리고는 등을 토닥이며 나지막하게 이야기했다.

"울고 있었니껴? 뭐가 그리 울게 만들었니껴?"

"예, 자꾸 자신이 없어지네요. 그래서 눈물이 나오니더?"

"내가 있잖니껴? 같이 힘을 합치면 못 넘을 산이 없습니더. 나만 믿으소."

"믿어도 되니껴?"

"여기 믿을 사람이 나 말고 누가 있니껴?"

겨울철 찬바람과 어울린 돌 같은 손에 서서히 온기가 전해 오더니 가슴이 달아올라 오기 시작했다. 치마의 매듭을 한참 만에 찾았고 푸는 데도 한참이 걸렸다. 속치마는 겉치마를 푸는 데 허비한 경험으로 쉽게 풀어헤칠 수 있었다. 그렇게 부부가 된 첫날밤은 뜨거웠으며 모두 합치된 부부가 되었다.

가도실의 밤은 그렇게 무르익어가고 있었다.

시집살이

내가 겪어 보지 않은 삶은 겉치레 삶이다.

내 발로 직접 걸어서 넘지 않았다면 그 태산(泰山)은 장님이 코끼리 다리를 만지는 것과 비슷하다. 눈으로 보는 것, 귀로 듣는 것은 내가 경험해 보는 것에 비하면 천양지차(天壤之差)이다. 새어머니의 시집살이가 그랬다. 처음 중신이 들어왔을 때 친정어머니와 고모며 이모들이 완곡히 반대를 한 이유를 이제야 알 것 같았다. 네 모퉁이가 다 맞춰진 틀에 새로 들어가 한 부분이 된다는 것은 여간 어려움이 있을 뿐더러, 물론 새로이 들어가야만 하는 다급함도 헤아려 주겠지만 일곱이라는 전처소생(前妻所生)의 올망졸망한 아이는 감당하기가 어렵다고 설득하였다.

할머니는 새 며느리에게 자상하고 합리적이었다. 조곤조곤 일러 주고 그래도 많이 웃으며 답하려고 애쓰는 것을 느낄 수 있었다. 미소는 부드러움으로 상대를 배려하겠다는 뜻이다. 잘

못했을 때 웃어 주는 것은 '앞으로 잘하겠지.'라는 기다림의 뜻이 있고, 잘했을 때 웃어 주는 것은 '역시 내가 기대한 것이 딱 맞았구나.'라는 인정의 뜻이 녹아 있다. 혹여 새 며느리가 마음을 잡지 못해서 야간에 도주라도 하다면 오롯이 남아 있는 일들은 할머니의 몫이 되는 것을 잘 알기에 사전에 방지하는 것도 포함되었다.

동네 사람들의 소문에 따르면 할머니는 많이 바뀌었다고 했다. 어머니가 죽기 전에는 한 고집하는 할머니였다. 다르게 말하면 주관이 뚜렷하다고 말할 수 있는 소신파였다. 젊은 며느리가 일찍 죽어 가는 모습에 충격을 받았고 죽고 난 뒤 손주들 치다꺼리를 하면서 생병이 난 사람이었다.

할머니의 시어머니, 나에게는 증조모가 생존해 있을 때의 일이다. 고모와 큰아버지들이 성장해서 옷이며 신발을 사 주고 싶은데 증조모가 돈을 간수하고 있어 일일이 돈을 타 쓰곤 했다. 혼인 후 십여 년이 훌쩍 지나 자식들도 사람 행색을 하니 돈 들어가는 곳이 쏠쏠했다. 무엇보다 성가셨던 것은 증조모에게 매일 밥하는 곳간의 쇳대를 받아야 출입이 가능했고, 식량마저 바가지로 담아 증조모에게 보여 주고는 밥을 해야 했던 것이었다. 여간 번거롭기도 했지만 남의집살이도 이렇게는 하지 않겠다는 생각에 할머니는 할머니의 시어머니에게 닦달을 해 댔다. 그러나 증조모도 물러나지 않았다. 이런저런 핑계를 대며 할머니를 구슬렸다. 대다수는 그 정도이면 고부간에 불편해질까 봐 며느리가 포기하는 경우가 많은데 할머니는 오기가 발동했다. 두 번

째도 승낙을 받지 못했으나 세 번째 설득해서 기어이 실질적인 안방마님의 자리를 꿰찰 수 있었다. 쇳대란 곳간의 출입문을 열고 잠그고 하는 열쇠이니 그 쇳대를 가진 사람이 그 집의 경제권을 갖는 실질적인 주인인 것이다. 그 소문은 삽시간에 가도실 동네에 퍼져 모두들 혀를 내둘렀다. 그랬던 할머니가 사람 귀한 줄 알고 새 며느리의 심사(心思)에 거슬리지 않으려고 부단하게 애를 많이 썼다. 할아버지는 할머니의 내주장(內主張)에 응원하며 동조하는 분위기였다. 어머니가 죽기 전에는 본인의 뜻에 어긋나면 화를 내면서 밥상도 밀치고 방으로 들어가기도 했는데 이제는 어지간한 것은 참아 주고 정 불편하면 "에헴"이라고 헛기침을 하는 것으로 끝냈다.

새어머니는 어머니가 죽음으로 인해서 아버지가 재혼하여 생긴 사람이다. 새어머니는 자식을 낳아 보지도 키워 보지도 않았지만 그동안 정에 굶주린 막내 현성이에게 따스하게 살 비비며 엄마의 빈 공간을 채우려 부단히 힘써 주었다. 현성이도 속은 어쩐지 모르지만 '엄마, 엄마' 하면서 잘 따르고 잘 안겨 다행스러웠다. 그러나 범 같은 아들들이 짓궂게 놀다 벗어 놓은 흙탕물투성이 옷은 빨아도 빨아도 표시가 나지 않았다. 하루 종일 빨래터에서 살았으니 빨래 방망이질로 늘 양어깨가 뻐근했다. 그러하지만 할머니가 '좋다, 좋다' 하니까 새어머니도 힘들어하지 않고 우리들도 이끌려 따라가게 되었다. 새어머니는 그런대로 우리 식구가 되어 적응하고 있었으며 새 보금자리이지만 어긋나지 않으려는 모습이 느껴졌다. 어떻게든 본인의 몸으로 낳지 않은 자식이라는 소리를 듣지 않으려고 부단하게 애를 썼고 또한 동생들도 흙 놀이로 옷을 더럽히는 일 외에 큰 말썽 없이 잘 지냈다.

아버지는 대놓고는 못 했지만 새어머니를 아주 많이 좋아하는 것 같았다. 자식들 앞이니 히죽히죽 웃지는 않았지만 내심 마음이 기울어진 것이 보였다. 부엌의 함지박을 옮기려고 하면 언제 보았는지 쪼르르 달려와 번쩍 들어 치워 주고는 또 할 것이 없느냐고 물어보곤 했다. 어머니가 살아 있을 때는 부엌살림은 담 쌓았던 아버지였는데 눈에 띄게 출입이 잦은 것은 사실이었다.

굳이 흠을 잡고 옥에 티라 할 수 있는 것은 여동생 현옥이가 말썽이었다. 무심코 새어머니와 아버지가 가만히 이야기하는 것을 엿들을 기회가 있었다. 일부러 들으려고 한 것이 아니라 부엌에 물 마시러 가는데 안방에서 아주 작은 소리가 새어 나와 자연스럽게 듣게 되었고 새어머니가 아버지에게 일러바치는 이야기 같았다.

"현옥이가 말입니더……."

"왜! 말짓을 하니껴?"

"그게 아니라, 샘이 많은 여자아이라 아직도 죽은 엄마가 많이 생각나는 것 같네요."

아버지는 듣고만 있었다.

"……."

"내가 아직은 많이 부족한가 보네요."

"아들은 무덤덤하지만 딸은 까다로운 구석이 좀 있지요?"

"샘도 샘이지만 죽은 엄마의 자리를 차지했다고 질투 같은 게 있디더."

또 아버지는 말이 없었다.

"……."

"혼을 낼 수도 없고…… 오냐 오냐 할 수도 없고……."

"그래도 잘못하면 혼을 내야지요? 그래야 인간이 될 것 아닙니껴?"

"그렇기는 한데, 잘못했다가 집안이 시끄러워질까 봐……?"

"뒷일은 내가 보살필 테니 잘못하면 혼내이소?"

"그래도 되니껴?"

그러면서 일전에 있었던 현옥이의 잘못된 행동을 낱낱이 말했다. 국을 끓이면서 소금을 반 숟가락만 넣으라고 했는데 두 숟가락을 퍼 넣어 소태를 만들어 못 먹게 만들었고, 밥솥에 뜸 들이게 하고 채전에 파 뽑으러 간 사이 아궁이에 불을 지펴 밥을 다 태워 못 먹게 만들고 탄 솥을 닦는 데 삼 일이나 걸렸으며, 풋고추를 따 오라고 시켰는데 다 익은 뻘건 고추를 따 오지를 않나……! 일을 그르친 게 한둘이 아니었다. 하여튼 일이 잘못되게 하려고 작정을 한 아이 같았다. 아버지는 오냐 오냐 달래지만 말고 호되게 꾸짖고 그것도 안 되면 매질이라도 해서 새어머니 때문에 아이들이 삐뚤어졌다는 소리를 듣지 않도록 하라고 시켰다. 그리고는 또 말했다. 뒷일은 아버지가 보살핀다고 …….

아무리 잘해 줘도 시댁은 시댁이며, 열심히 한다고 해도 재가 (再嫁)한 새 며느리라는 딱지는 뗄 수가 없었다. 마음이 편하지 않았기에 늘 긴장하여 시어른 두 사람을 보살펴야 했고 새어머니가 낳지도 않은 7남매의 아이들을 먹이고 재우고 학교에 보내야 했다. 그리고 동네 사람들은 새어머니가 첫 시댁에서 소박 맞아 두 번째로 이곳에 시집왔다고 수군거림과 이상한 눈초리로 힘들게 만들었다.

그러던 어느 날 저녁 무렵 학교에서 돌아온 현옥이를 보고 새어머니가 책가방 속에서 빈 도시락을 내놓고 방으로 들어가라고 했다. 그 소리에도 아무 대답 없이 휑하니 방으로 들어가서는 꽝 하고 문을 닫아 버리는 것이었다. 새어머니는 다소곳이 도시락만 받아 나오려고 방으로 갔다. 그런데 그만 사달이 나고 말았다. 방으로 들어간 새어머니에게 현옥은 짜증을 내며 앙칼을 부렸다. 처음에는 살살 달래서 기분을 맞추려고 했다. 그런데 현옥이가 점점 더 입에 담아서는 알 될 말을 뱉었다.

"아이, 짜증 나! 아줌마가 뭔데 남의 일에 참견해요?"

"나는 너희들을 낳지는 않았지만 엄마로 온 거다. 할머니도 그렇게 말했잖아?"

"웃기고 있네, 엄마는 무슨…… 낳지도 않았으면서?"

그래도 조용히 도시락만 가지고 가려고 책가방을 여는 순간 현옥이가 새어머니를 밀었고, 방바닥으로 내동댕이쳐지고 말았다. 새어머니도 화가 나 더 이상은 참지 못하고 현옥이의 따귀를 후려갈겼다. 맞은 현옥이는 길길이 날뛰면서 쌍욕을 하며 울어 재꼈다. 할머니가 등 뒤로 온 것도 모르고 두 사람이 씩씩대고 있었고, 곁에 왔다는 것을 알았을 때 새어머니는 할머니가 여동생 현옥이를 꾸짖어 데리고 나가겠거니 생각했다. 그러나 반대로 할머니는 새어머니를 꾸짖으며 언성을 높였다.

"며늘아. 네가 왜 현옥이 따귀를 때리노?"

새어머니는 할머니가 갑자기 현옥이 편을 들기에 당황스러웠다. 그렇다면 평상시 자신에게 보내온 은은한 미소는 여우의 탈이었나! 결국은 핏줄을 따라 손녀에게로 마음이 갔다는 것이네! 순간적으로 별의별 생각이 다 들었다. 새어머니는 목소리가 커졌다.

"어머니……?"

할머니도 지지 않으려고 더 소리를 높이더니 새어머니에게 따져 물었다. 말로 하지 왜 때리냐는 것이었다. 때려서라도 인간을 만들어야 된다고 했던 아버지는 보이지 않았다.

그때야 새어머니는 이성을 잃고 말았다. 어머니가 저에게 이렇게 말할 수 있느냐며 악다구니를 쓰더니 귀한 손녀를 때린 나쁜 자신의 손모가지를 자르겠다고 광으로 뛰어갔다. 새어머니가 찾는 것은 낫이었다. 그런데 낫이 보이지를 않아 두리번거리다 보니 작두가 보였다. 소여물을 써는 작두는 어지간한 나뭇가지도 싹둑 자르는 위험한 농기구다. 작두의 시퍼런 칼날을 하늘 위로 들고는 현옥이를 때린 오른 손목을 집어넣었다. 그리고 새어머니는 왼손으로 작두날의 손잡이를 잡았다. 이제 누르기만 하면 오른쪽 손목이 동강이 나는 것은 뻔한 일이었다. 숨 막히는 순간이었다.

온 식구가 작두 근처로 모여들었고, 새어머니는 왼손에 힘을 줘 오른쪽 손목이 잘려 나가려는 찰나에 눈을 감았다. 그리고 한참 기다리더니 주르륵 눈물을 흘렸다. 모두들 긴장해서 작두 날에 끼인 새어머니의 손목만 바라보고 있었다. 그때 할머니가 아주 조용히 곁으로 다가서면서 말했다.

"며늘아. 내가 잘못했다, 잘못했어. 네가 참아라."

그리고는 현옥이한테 말했다.

"너 이년, 빨리 무릎 꿇고 사과를 해야지. 뭐 하노?"

그제야 현옥이도 무릎을 꿇고 겁에 질린 채 사과했다.

"엄마 제가 잘못했어요, 제가……."

그 말을 들은 새어머니는 작두날에 손목을 넣은 채로 통곡을 했다. 할머니가 서서히 다가가서 등을 어루만지며 작두에서 손을 조심스럽게 빼냈다. 큰일을 치를 뻔했던 홍역은 여기서 멈췄다. 그리고는 할머니와 새어머니, 현옥이가 뒤엉켜 통곡했다. 일이 어느 정도 진정되자 할아버지는 '에헴' 헛기침을 하고는 방으로 들어가 버렸다.

태풍이 지나간 하늘은 청명하다. 한바탕 큰 소동 뒤에 우리 집은 하루하루 편안해 보였다. 이후로 할머니도 현옥이도 새어머니 눈치를 보기에 바빴으며 할머니는 속으로 혀를 내두르며 보통내기가 아니라며 새어머니를 경계했다.

쇠가 대장간 화덕에서 시뻘겋게 녹아 수없는 담금질과 망치질로 호미가 탄생되듯이 새어머니도 모진 세상 풍파를 견뎌낸

산물이었고 산전수전으로 터득한 자생력이 있었다.

　집마다 울도 담도 없는 가도실 마을이 수군수군거렸다. 빨래터고 우물가에나 사람이 모이면 우리 집 이야기로 동네가 시끄러웠다. 우리 집 안에서 벌어졌으나 허허벌판에서 남들이 보라는 것이나 마찬가지로 고함을 지르고 작두로 자해를 시도했던 것과 같았다. 그래도 마을 사람들은 먼저 여동생 현옥이 나쁘고 되바라졌다고 흉을 보았다. 제 엄마가 죽고 없어서 보살피러 온 불쌍한 여자에게 딸년이 할 짓이냐며 공분했다. 아무리 사춘기로 샘이 많아도 그렇지 할 것과 안 할 것을 구분 지을 나이임에도 그렇게 안 봤는데 아주 고약한 아이라고 욕을 해 댔다. 그러면서 새어머니에게는 아무리 화가 나도 그렇지 재가(再嫁)해서 얼마 되었다고 어디 작두에 손모가지를 넣냐며 혀를 찼다. 얼굴은 편하게 생겼는데 마음 구석에 그렇게 독한 곳이 있는지 몰랐다면서 두 모녀를 싸잡아 흉을 봤다.

　나는 그 일이 벌어진 후로 말수가 줄어들었고 생각이 더 깊어졌다. 나에게는 왜, 이러한 풍파가 일어나고 또 그런 것을 보면서 성장해야 되는지 의문을 가졌다. 반면 동네의 또래 친구들이 부모와 오순도순 같이 떠들고 들일도 하는 모습이 나와 달라 보여 부러웠다. 별것도 아닌데 비교하게 되고 그러고 나면 더 위축되고 스스로 외톨이가 되어 가고 있었다. 학교에서 수업이 파하면 집으로 가기 싫어서 우두커니 교실에 앉아 있다가 캄캄해서야 집으로 돌아오곤 했다. 어른들이 말하는 운명과 팔자는 어떤 것이며 지금 현실이 진정 나의 운명과 팔자인지를 생각했다.

그러면 지금의 암울한 운명과 팔자를 바꾸려면 어떻게 해야 되는지 의문을 가지게 되었다. 누구에게 물어볼 사람도 없고 나 이외의 사람에게 털어놓고 싶은 생각도 없었다. 지금 우리 집에서 생겨나는 엄청난 일들을 누구든 속속들이 모르는데 굳이 내가 털어놓을 필요가 있을까 하는 생각이 들었다. 새벽에 교회 종소리에 눈을 뜨고는 이불 속에서 생각했다. 교회에 가 보면 나의 이 고민을 해결해 줄까 싶었지만 옥련사(玉蓮寺)에 열심히 다니는 할머니가 싫어할 것 같다는 생각이 들어 그만두었다. 열심히만 산다면 내일과 미래는 무조건 행복할 것인가? 그럼 어머니는 누구보다 더 열심히 살았고 누구보다 더 많은 자식을 낳아 헌신적인 사랑으로 키웠는데 왜 죽었는가. 그런 생각들이 꼬리에 꼬리를 물고 뒤엉켜 나의 머리는 뒤죽박죽이 되었다.

한편 우리 집은 아무 이상이 없어 보였으나 내심 팽팽한 기운들이 가슴에서 이글대고 있었다. 할머니는 어떻게 하면 새어머니가 도망을 가지 않으면서 고분고분하게 말 잘 듣는 며느리로 휘어 잡힐까를 생각했고, 새어머니는 내가 낳은 자식이 하나도 없으니 그럴 바에야 빨리 곳간의 쇳대라도 꿰어 차야 된다고 호시탐탐 엿보고 있었다. 입술은 웃고 있으나 가슴은 활짝 열지 못하니 진득한 대화는 없고 겉치레만 맴돌다가 시간은 흘러갔다.

나는 곧 고등학생이 되어 죽은 어머니가 진료를 받았던 큰 병원이 있는 도시로 왔다. D시에서 혼자 자취를 했으니 스스로 연탄불도 갈고 밥도 설거지도 직접 했다. 우글대던 동생들도 없고

썩 살갑게 지내지는 않았던 새어머니도 없으니 한편으로는 홀가분했으나 고향 집이 그리울 때가 더 많았다. 간간이 동생 현도와 현옥이가 안부 편지를 보내 줬다. 편지 내용은 주로 온 가족이 건강하고 화목하게 잘 지내고 있다는 것이었다.

그런데 새어머니가 할머니에게 물터지 논 세 마지기의 땅문서를 달라며 성화를 부렸다. 이 집 며느리로 들어오는 조건으로 논밭을 뚝 떼어 준다고 약속한 것이니 지키라는 뜻이다. 그런데 할머니는 이 핑계 저 핑계를 대면서 여태껏 미루었고 이에 화가 난 새어머니가 집에 있고 싶은 마음이 사라져 밭일 핑계를 대고 호미를 가지고 집 밖으로 나가 버렸다. 호미는 보여 주는 시늉에 불과했고 발길이 닿는 대로 길이 있으면 걸어갔다. 집을 나온 새어머니는 마음이 허하고 뒤숭숭하여 정처 없이 방향도 없이 걸어갔다. 피붙이도 없는 혈혈단신이라 누구와 상의할 사람도 없어 외로웠다. 한참 걷다 보니 옆 동네의 열 마지기 들판의 한 가운데를 걷고 있었고 이런저런 생각이 떠올랐다. 태어난 고향 검곡리며, 성장하면서 걸어온 길이며, 첫 시댁 풍천에서 자식을 잉태할 수 없다고 쫓겨난 일들이며, 얼마 전 현옥이와 도시락 문제로 다퉈 작두로 손목을 자르겠다고 소동을 부린 일들이 스쳐 지나갔다. 허허 헛웃음을 짓고는 새어머니 자신도 모르게 눈물이 나왔다. 들에는 띄엄띄엄 일하는 사람들이 있었지만 새어머니를 알아보는 사람은 없었다. 재가(再嫁)한 지 해포가 되지 않아 좁은 고향 동네지만 얼굴을 알아보는 사람이 없었다. 때마침 마주 오던 아낙이 힐끗 쳐다보면서 스치더니 다시 고개를 돌려서 새어머니에게 말을 걸었다.

"무엇이 서러워 그렇게 우니껴? 안 보던 댁이네요?"

새어머니는 옷매무새를 고치고 눈물을 닦으면서 대답했다.

"예, 가도실 마을에 자식이 일곱 있는 집에 새로 왔니더."

"아! 그 소문을 들었니더. 시집살이가 매운 법인데 그것도 전처소생이 일곱이니 얼마나 불끈불끈 화가 치미는 일이 많겠니껴?"

"알아주니 고맙니더. 속이 터질라고 카네요."

"가시더. 요 가까이가 우리 집인데 가서 물이나 한 모금 하고 가이소?"

그래서 새어머니는 통성명도 하지 않은 처음 보는 아낙의 집에 따라 들어갔고 그 집에 도착해서는 막걸리를 주거니 받거니 했더니 가슴이 좀 틔었다. 마침 바깥어른은 출타 중이었고 자녀는 셋이 있었는데 성가시게 하지 않아 다른 방에서 잘 놀고 있었다. 술이라는 게 그렇다. 취기가 오르면 마음이 유연해지고, 상대방을 경계하는 마음이 없어져 가슴 꽁꽁 묻어 둔 이야기를 격의 없이 풀어헤쳐 보이기 마련이다. 그 자리에서 집주인 아낙과 수양자매(收養姉妹)로 지내기로 정하고 얼큰하게 취해서는 집으로 걸어왔다. 오는 길에 밤하늘의 별과 함께 어릴 때부터 여자로 태어난 탄식을 읊는 민요를 흥얼거렸다.

어화세상 벗님네요
여자탄식 들어보소

전생 후생 무상 죄로
여자 몸이 태어나서
등잔불을 낙을 삼고
가는 허리 부서지고
열 손가락 다 파이고
하느라고 하건마는
인사는 고사라고
애쓴 공덕 아예없네

사랑방에 저 양반은
시정물정 어이 알아
서리같은 저 호령에
뒤 소리가 무섭더라
서울 출입이 황연 출입
내일 갈지 모레 갈지
선언 없이 찾는 이독
뒤 소리가 무섭더라

남자 몸이 되었으면
근들아니 좋을소냐
자다가 꿈에라도
남자 한번 되었으면
뉜들 아니 좋은 손강

시집살이

호걸남자 대장부도

또 한가지 좋은 놀음

황연친구 내 친구요

동쪽마에 개장친구

서쪽마에 탁주친구

몇 명이 모여앉아

흥망있게 놀음하니

남자 몸이 되었으면

뉘들아니 좋은손강

전생 후행 무슨죄로

여자 몸이 태어나서

고양이앞에 쥐가되고

매게 쫓긴 꿩이로다

　가도실 집에 도착하니 발칵 뒤집어져 있었다. 들에 일하러 간 다고 호미를 가지고 나간 새어머니가 어두워졌는데 귀가하지 않으니 말이다. 다른 한편으로 시집살이가 힘이 들어 친정 검곡 리로 도망을 간 것은 아닌지 하면서 추측하기도 했다. 새어머니 는 일가친척이 없고 정붙일 혈육도 없어 들판의 바람 소리와 밤 에 뜨는 달과 별이 친구였다. 그래서 혹, 정처 없이 가 버린 게 아닌지 의혹을 가졌다. 술이 취해서 들어온 새어머니는 도리어 할머니한테 대들면서 고함을 질렀다. 적반하장도 유분수지, 할 머니가 외려 화를 내며 어디서 무얼 하고 왔는지 따지고 싶었는데 말이다. 새어머니는 낮에 화를 나게 했던 이야기를 다시 꺼내면서 논 세 마지기 땅문서를 달라고 떼를 썼다. 할머니는 슬슬 달래며 땅만 받으면 어떡할 것이냐며 일하는 소가 새끼를 낳으면 소까지 끼워서 줄 테니 그리 알라고 설득했고, 소까지 준다는 말에 재산이 늘어났다고 생각하고 전혀 불리한 조건이 아님에 수긍하며 잠잠해졌다.

힘이 들 때는 쉬어 가고 소나기는 피해 가는 것이 삶의 이치이다.

새어머니의 판세를 읽는 눈은 예리하고 정확했다. 조금 불리하다 싶으면 땅문서를 넘겨줄 것을 요구하고 졸라 댔다. 그럴때마다 할머니는 이러지도 저러지도 못하며 안절부절못했다. 한편 할머니는 새어머니가 시어른들 하루 세 끼 밥상 차리는 것이며 피 한 방울 섞이지 않은 줄줄이 엮은 아이들에게 치다꺼리하며 시집살이가 고되어도 잘 참는다고 생각했다. 그리고 고개넘으면 있는 친정에 해포가 지나도록 안 가 봤으니 아들과 함께다녀오라고 했다. 두둑하게 여비도 새어머니에게 따로 쥐어 줬다. 일 년에 한 번 먹을까 말까 한 소고기도 묵직하게 사서 옆구리에 끼워서 보냈다.

가도실에서 아침 일찍 밥을 먹고 면소재지 장터에서 버스를 타고 검곡리로 향했다. 추수가 끝난 겨울이라 검실재의 계곡 계곡이 눈으로 덮여 있었다. 친정으로 간다는 설렘과 걷지 않고 버스를 탔다는 편안함, 우월감으로 기분이 상승했다. 더해서 옆

자리에 남편인 아버지가 떡하니 버티고 있으니 더 든든했다. 검실재 오르막길에서 검은 연기를 내뿜은 버스는 언제든지 멈춰 설 것 같은 태세여서 조마조마했다. 어렵게 검실재 정상에 다다르고는 운전수가 액셀레이터를 왕왕거리게 밟아 숨죽인 손님들에게 건재함을 과시했다. 새어머니는 자신도 모르게 눈을 지긋이 감았다. 그리고는 지난해 체 장수와 함께 두 아낙이 이 고개를 걸어서 넘어올 때가 떠올라 상념에 잠겼다. 자칫 잘못했다가는 곁의 아버지에게 눈물을 보일 뻔했으나 참느라고 애를 먹었다. 고향 장터에서 한 시간 남짓 걸려 검곡리에 도착했다.

새어머니는 친정어머니를 만나서는 울지 않겠다고 수백 번 다짐했지만 친정어머니를 만나는 순간 가슴에 와락 안기면서 통곡하고 말았다. 누구랄 것도 없이 친정어머니도 통곡을 했다. 새어머니의 친정집은 꼭 누가 죽은 것처럼 울음바다가 되었다. 두 모녀가 울고 있는데도 아버지는 등 뒤 멀찍하게 서서 동네를 살피고 있었다. 분명히 울 것이라고 예견을 하고는 기다린 사람처럼 딴청을 부리고 있었다. 어느 정도 진정이 되고 새어머니는 친정아버지와 어머니에게 아버지를 소개했고 그때서야 아버지는 큰절을 했다. 새어머니가 재혼을 하고 아버지는 장인, 장모를 처음 보는 자리라 서먹서먹했다. 아버지의 가시방석 같은 심정을 헤아리기도 한 듯이 술상을 봐서 들어와 장인과 주거니받거니를 했다. 그때서야 아버지는 정신을 가다듬어 딸을 줘서 고마우며 아버지가 부족해서 늘 미안한 마음으로 살고 있지만 더 행복하게 곧 만들어 주겠다고 옹골차게 대답했다. 장인은 아버지에게 새어머니를 세세하게 잘 보살펴 달라고 부탁했다. 새어머니는 혼인하면 주겠다는 땅문서에 대한 것은 발설하지 않았다. 그냥 유쾌하고 넉넉한 마음으로 친정에서 마음 놓고 쉬고 싶었던 생각이었다.

다시 시댁 가도실로 떠나올 때는 걸음이 떨어지지 않았다. 떠날 때도 만날 때처럼 울음바다가 되었다. 그때는 아버지가 새어머니 등을 토닥토닥 달래주었다. 아버지는 이번에 들렀던 처가에서 장인과 술을 마시면서 찡한 사실을 알게 되었다. 딸이 두 번째 시집에서 잘하는지 궁금하기도 하고, 걱정이 되기도 해서 딸의 시댁 동네 5일장에 일부러 와서 염탐을 했다는 것이다. 여러 막걸리 집을 기웃기웃했지만 새어머니의 시집살이 소문은 듣지 못하고 허탕을 치고 되돌아갔다고 했다. 재혼이 뭐 흉이고 대수라고, 당당하게 딸의 집을 찾아 '사돈과 인사도 나누고 술도 한잔하고 갔으면 좋았을 텐데.'라고 생각했고 가슴이 아팠다. 나이가 많든 적든 간에 모든 부모가 자식에 대한 간절한 심정은 똑같은데 아버지가 먼저 장인, 장모의 안부도 묻고 우리 집의 사정도 알려주어 궁금한 것을 없애 주는 노력이 부족했구나 하고 뉘우쳤다.

아버지는 처가 검곡리에 다녀온 후 새어머니에 관하여 자식들에게 요구하는 것이 많아졌다. 이렇게 해라 저렇게 해라 하는 것은 보통이고 새어머니가 힘이 든다는 것을 강조하며 밥을 먹은 뒤에 빈 그릇의 정리까지 간섭했다.

"빈 그릇은 포개서 두거라. 엄마가 덜 힘들도록!"

새 옷으로 갈아입은 현진이나 현성이에게는 "옷에 흙 안 묻게 놀아라. 빨래하려면 엄마가 힘들다!"

현옥이한테는 "식구가 많아서 부엌일이 많은데 엄마를 많이 도와라."라고 입버릇처럼 말했다.

그리고는 간혹 어두워지면 사람들의 눈을 피해 새어머니와 함께 동네 어귀에 산책을 하느라 집을 비우기도 했다. 그러던 어느 날 할아버지가 아버지를 급히 찾았다. 아마도 집안일을 상의할 것이 있어 찾았던 모양인데 새어머니와 함께 동네로 나가 버린 것이다. 할아버지는 당장 찾아오라고 불호령을 내렸다. 우리 남매들은 패를 나누어 찾으러 다녔고 곧 아버지에게 전했다. 마음이 급해진 아버지와 새어머니는 종종걸음으로 할아버지에게 당도(當到)했으며 석연하지 않은 표정으로 꾸중을 했다.

"아비야? 집을 비울 때는 사전에 이야기를 해라."

"예, 동네 잠시 다녀오느라 그랬니더."

"그래도 그렇지! 일전에 이야기했던 집안 어른 산소 이장은 어떻게 되어 가나?"

"도회지에 나가 사는 대소가(大小家)에 편지를 해 놨고요. 아직 연락이 오지 않은 곳이 몇 곳이 있니더. 마저 연락이 오면 그때 말씀을 드립시더."

"그래 애쓴다. 중요한 일은 내가 물어보지 않아도 꼬박꼬박 말해다오."

"알겠니더. 나가 봅시더."

하여간 근자(近者)에 부쩍 아버지가 새어머니를 챙기는 모양새였다. 할아버지도 그 사실을 뻔히 알면서도 일부러 아버지를 찾았고 없다고 하니 목청을 돋우어 찾아서 오라고 했던 것 같았다. 일종의 경각심을 주려는 의도였다.

할아버지도 우리 집의 분위기가 숨 쉬기도 어려운, 꽉 막힌 철옹성 같다는 것을 잘 안다. 사람마다 차이가 있고 이겨내는 것도 차이가 있는 것이 분명하다. 긴장해야 될 때는 숨도 죽여가며 긴박감에 매달려야 되지만 그 시간이 지나면 풀어져 숭숭한 틈이 있어야 뻥 뚫리기 마련이다. 어머니를 죽음으로 몰아낸 간암도 일종의 긴장에서 생긴 병이라고 생각이 든다. 癌(암)의 한자를 풀이해 보자. 말하고 싶은 입은 세 개(品)인데 그것을 산(山)에 가두어 막아 버려서 병이 난 것이 아닌가?

지금부터는 시어른과 자식과의 관계가 좀 이완되고 치다꺼리가 줄어든 환경에서 새어머니의 삶이 더 나아지도록 바꿔 보고 싶은 것이 아버지의 생각이었다. 그렇게 했을 때 자신의 아내도 더 진정성 있는 정성으로 가정의 화목에 매진하리라 생각했다.

얼마 지나지 않아서 아버지가 오토바이를 사겠다고 했다. 새벽에 논물을 대러 간다거나 읍내에도 급한 일이 생기면 버스가 끊어질 때도 요긴하게 사용할 수 있다고 했다. 할아버지는 지금 자전거도 일본에서 큰아버지가 사 준 것이라 쓸 만하고 읍내에 가야 될 화급을 다툴 일이 얼마나 있겠느냐고 반대했다. 하지만 아버지도 물러서지 않으면서 농협에서 주는 정부 지원금이 있어 헐하게 구매할 조건이라 이번에 장만하는 것이 좋겠다고 뜻을 굽히지 않았다. 또 다음에 좋은 조건으로 구매할 기회가 있을지도 의문이라고 억지 주장을 했다. 너무 완강하고 준비된 설득력이었기에 할아버지는 꼼짝달싹도 못 하고 수긍하기에 이르렀다.

오토바이를 구입해서 오던 날 아버지는 하루 종일 싱글벙글했다. 농협 뜰에서 간단하게 배운 조작법으로 쉽게 탈 수 있는 노클러치(No clutch) 오토바이였다. 안마당 가운데 세워 놓고 할아버지와 할머니에게 오토바이를 구경시켜 주며, 보는 것과 타는 것은 완연한 차이가 있다고 설명하고 할아버지를 뒷자리에 앉게 한 뒤 동네를 한 바퀴 돌았다. 할아버지는 버스보다 푹신해서 좋다고 할머니도 한번 타 보라고 권했으나 끝끝내 사양했다. 우리 7남매도 오토바이를 타고 싶어서 눈이 반짝였다. 그러한 분위기를 알았는지 막내 현성, 여섯째 현진이를 같이 태우고 돌아오고는 자식 두 명씩 태워서 모두 동네를 한 바퀴 돌았다. 아버지는 새어머니를 태워 주지 못해 마음속으로 못내 아쉬웠다. 이제 오토바이를 보관하기 위하여 헛간으로 끌고 가는데 할머니가 제지하고 나섰다.

"아비야? 어미도 태워 줘야지? 안 그러냐?"

새어머니는 손사래를 쳤지만 내심은 오토바이 뒷자리에 앉아 남편의 허리를 잡고 불어오는 바람을 맞이하고 싶었다. 또한 아버지도 새어머니만 빠져 버려 서운했는데 잘 되었다고 생각했다.

"여보, 당신도 이리로 와서 앉아!"

새어머니는 못 이기는 척 쭈뼛쭈뼛하다가 뒷좌석에 올라 아버지의 등 뒤 옷을 움켜잡았다. 곧 오토바이는 출발했고 동네 바람을 가르는 속도감으로 기분이 좋아 잘못했다가는 노래를 흥얼거릴 뻔했다. 새어머니는 행복했으며 빨리 동네를 벗어나 아버지의 허리를 덥썩 감싸 안아 포근한 체향(體香)을 전해 주고 싶었다. 그것도 부부간 둘만의 시간이니 더할 나위 없이 행복하고 짜릿했다.

고기도 먹어 본 사람이 맛을 안다고 문제가 생기기 시작했다. 애들이고 새어머니고 시간만 나면 오토바이를 태워 달라고 야단이었다. 특히 새어머니는 할머니와 할아버지가 집을 비우면 영락없이 오토바이를 태워 달라고 야단법석이었다. 처음에는 새어머니하고만 단 두 사람이 오붓하게 타고 바람을 쐬었다. 곧 동네 사람들이 수군거렸으며, 아버지 또래 친구는 대놓고 흉을 봤다. "요새 신혼이냐? 바람났느냐?" 하면서 말이다. 할 수 없이 막내아들 현성이를 가운데 끼워 앉히고 맨 뒤에 새어머니가 앉아서 세 사람이 오토바이를 탔다. 아들을 끼워서 같이 타니 '물건을 사면 덤을 끼워서 주는 격이네.'라고 속으로 생각하며 아버지는 혼자 빙그레 웃기도 했다. 아들 현성이도 깔깔 웃으며 좋아하고 즐거워했다.

동네 가도실을 지나 화주리(花周里)를 거쳐 장터, 대밭골을 지나고 고짐이골을 지나 도옥 마을을 지날 때쯤 안평천(川) 건너 산 아래 봉계동과 용천동을 보고 새어머니가 동네 이름을 물었다.

화주리 동네의 유래는 고종 때 하령 마을에 살던 김씨 성을 가진 사람이 현재 논산인 황산골원이 있다는 표시로 화줏대(솟대)

를 세웠던 곳에서 시작이 되었고, 봉계(鳳溪) 마을은 조선 중기에 봉계라는 사람이 처음 자리를 잡아 살았다는 설과 마을 앞 하천의 큰 바위 위에 봉이 자주 날아와서 놀았고, 닭이 잘 자라는 마을이라고 해서 봉계(鳳鷄)라고 하여 붙어진 이름이며, 용천(龍泉)은 이 마을 옆에 있는 용솟음이란 곳에서 용이 솟아났다고 하여 그렇게 불렀다. 도옥(都玉) 마을은 돌이 많아서 도옥골이라 하였다. 한편 오씨 성의 선비가 이 마을을 개척할 때 마을의 모양이 마치 독(陶)과 같이 생겼기 때문에 그렇게 불리기 시작했다.

곧 초등학교가 보였으며 그 마을은 신안 1리로 돌이 많아 돌밭이라 하였는데 발음이 쉬운 돌밭거리에서 돗밭거리라 불렀다.

그곳에서 약 10리 4㎞를 쭉 계곡으로 더 올라가면 신안 3리가 나오는데 의곡(蟻谷)이라 했다. 한자(漢字) 蟻(개미 의) 자를 한글로 풀이를 하면 개미실 마을이다. 약 250년 전 동래인 정진원(鄭鎭元) 공이 정착했으며 지형이 개미와 같다고 해서 개미실이라고 했고 후손들에게 개미처럼 일하여 살기 좋은 마을로 만들라는 유언을 남겼다.

아버지는 그곳에 오토바이를 세우고 새어머니를 내리게 했다. 막내 현성이도 같이 따라 내렸다.

"오래전 친구를 따라 왔던 곳인데 저 앞쪽의 계곡을 절골로 옛날에 사찰이 있었다고 하며 상월리 동네 쪽을 집골이라고 부른다. 올 때마다 느끼는 것인데 산세가 좋아서 그런지 사람들이 유순하고 근면 성실하게 살고 있는 개미실 마을이다."

아버지는 그렇게 소개하고서 다시 오토바이를 타고 신월리와 석탑리(누룩바위)를 거쳐 박실, 실골, 윗양지, 아랫양지를 거쳐 가도실로 돌아왔다.

오면서 면사무소에 잇닿은 사급(仕級)들을 보고는 넓은 들이 가슴을 트이게 한다며 새어머니는 감탄했다. 고향을 대표하는 들판으로 초등학교와 중학교 교가에 포함이 된 약 280마지기의 넓은 들이라고 아버지는 설명했다.

간혹 아버지의 오토바이보다 먼저 할아버지와 할머니가 집에 도착해 있었지만 오토바이를 타고 늦게 집으로 온 아버지와 새어머니를 꾸짖지는 않은 것으로 봐서 새어머니의 심정을 많이 헤아려 준 것으로 보였다.

새어머니 스스로도 집 안에 갇혀 답답하기도 하고 이 많은 아이 속에서 견뎌내겠는가 반신반의했으나 조금씩 적응해 나갈 수 있었던 데는 아버지의 배려와 할아버지와 할머니가 눈감아 준 덕택이 컸다. 새어머니의 삶이 윤택해지고 용기를 갖게 만든 것은 할아버지와 할머니 그리고 아버지와 우리 7남매와의 좋은 인간관계였고, 여태껏 외로움을 느꼈던 이유는 같은 혈육이 아닌 외톨이임이 힘들게 했기 때문이었다.

오토바이 타는 재미는 쏠쏠했고 답답한 가슴을 뚫어 주는 역할을 충분히 했다.

새어머니의 시집살이에서 오토바이는 환풍구가 되어 답답한 가슴에 청량제가 되어 가고 있었다.

고향 가도실을 지키다

고향을 지키는 것은 부모를 돕고, 보살피는 것이기도 하다.

부모의 노동과 고됨을 이어받아 고스란히 나의 삶이 되도록 하는 것이며, 그것이 힘들고 궁핍한 것임을 잘 알고 있지만 아버지와 어머니가 할아버지와 할머니의 길을 이어받았듯이 이유를 묻지 않고 묵묵히 받아들이는 것이다. 아주 오래전부터 이어져온 삶에 자신을 녹여 내고 지키는 것이다. 오래된 효(孝) 문화를 물 흐르듯이 토 달지 않고 받아들인다는 뜻이다.

더 나아가 제사를 포함한 전통적 문화와 개인적인 추억까지도 지켜 주고 유무형의 모든 것을 지키는 것이니 곧 역사를 만들고 지켜 내는 것이다. 먼지 같은 것으로부터 논, 밭, 고향 집은 말할 필요가 없으며 보잘것없이 구전(口傳)으로 내려오는 온갖 것과 고향 마을의 모든 것에 대하여 연속성을 유지하고 떠도는 영혼까지도 붙잡아 놓았다가 후손에게 물려주는 것이 고향을 지키는 사명(使命)이다.

나는 그 지긋지긋한 장손, 장남, 큰형이라는 호칭에서 멀어지기를 작정하여 육군 특전 부사관 용사로 지원하였고 남들은 혀 내두르는 혹독한 훈련조차 즐겁게 받으며 룰루랄라 스스로를 즐기고 있었다.

또 대한민국 국민이라면 겪어야 되는 4대 의무 중에 하나인 국방의 의무를 신성하게 수행하면서 아울러 국가 기관인 특전부대에 소속된 것을 인정해 주는 봉급을 받아 부모로부터 경제적으로 독립하여 밥벌이하는 손자와 아들로 인정받고 있었다.

또 어렵고 위험한 훈련을 한다며 할아버지와 할머니 그리고 아버지와 새어머니는 걱정도 했지만 또 잘 이겨내고 있다고 대단한 성원을 보내 주었다.

나의 입장에서 바라보는 우리 집의 사정이든 우리 집의 형편에서 나에게 거는 기대든 어느 쪽도 부족함이 없는 것이 나의 특전 부사관 생활이었고 이보다 더 금상첨화(錦上添花)는 없었다. 그러나 단 하나가 마음에 걸리고 몇십 년이 지났지만 운명이라고 돌리기에 가슴 아픈 것이 있다.

관례(慣例)에 따라 고향을 지켜야 하는 장손, 장남 역할을 동생 현도가 대신하게 되어 많은 짐을 지게 했다는 생각으로 인해 늘 미안했다.

장남이 고향을 지켜야 하는 문제로 아버지와 새어머니도 한때는 고민을 했다. 장남이 특전 부사관이 되어 하늘과 땅과 바다에서 천방지축으로 날고, 뛰고, 건너는 데만 몰두하고 고향 집으로 돌아오는 것에는 거들떠보지 않았기 때문이다.

군 생활을 수년째 하던 어느 해의 일이다. 강원도 계곡에서 부대원들과 대테러(對terror) 훈련을 한참 하고 있는데 누가 면회를 왔다고 했다. 면회를 왔다는 소리에 떨떠름했다. 산속이라 사람들은 군인이 훈련하는 줄도 잘 모르는 데다가 야간 훈련 위주로 했기 때문에 더더욱 그랬다. 또 이 산 저 산 떠돌며 하는 훈련이라 개인용 천막만 여러 개 있고 나머지 주변의 야산이 곧 훈련장이니 면회소 같은 시설이 있을 수도 없었다. 동네와 한참 떨어진 산 입구에서 만나 보니 면회를 온 사람은 아버지와 새어머니였다. 부대로 면회를 갔으나 위병소에 경계병만 있고 부대는 텅텅 비어 있었다고 했다. 한 달 정도 훈련을 나갔다며 꼭 만나 전할 이야기가 있다고 하니 상급부대에 허락을 받아 훈련장의 주소를 가르쳐 줘서 물어물어 왔다고 했다. 훈련장이 군사 비밀이지만 부모이고, 아들을 꼭 만나야 될 사정이 있다고 하니 헤아려 줬던 것 같다.

"아버지, 어머니. 이 산속을 어떻게 찾아왔니껴?"

"주소를 들고, 요 가까이 시내까지는 버스를 타고 근처에 와서는 택시 기사가 데려다 줬다."

"여기는 산속이라 PX도 없고 입 다실 게 없니더. 저기 바위에 걸터앉으시더."

좀 널찍한 바위에 세 사람이 앉을 만한 공간이 있었다. 나는 계속해서 궁금했던 집안의 안부를 물었다.

"그래, 집은 무고(無故)하시죠? 할아버지와 할머니도 잘 계시니껴?"

"연세에 비하여 정정하시다. 아직 농사일도 도와주시고 그렇다!"

"동생들은 모두 잘 있고요? 특히 현도도 잘 있니껴?"

"그렇지 않아도 이 먼 곳까지 택시를 대절해서 온 것은 현도가 집에 없기 때문이다."

"그게 무슨 소리니껴? 집에 없다니요?"

"올해 군대 제대를 하고 D시(市)의 친구 삼촌이 하는 사업장에 취직이 되어 집 떠난 지 몇 개월이 되었다."

"아하, 그러니껴……."

그래서 아버지께서는 내가 장남으로서 집안의 기둥이니 군(軍) 전역을 하고 고향집을 지키러 들어와 살아야 농사도 농사이지만 대대로 물려받은 제사(祭祀)도 모시고, 번듯한 집안이 되지 않겠냐고 당부했다. 그리고 타고 왔던 택시가 산 아래 기다리니 오래 있지 못한다고 그 말을 전하고는 떠나 버렸다.

그날 밤 나는 산속 군용 천막 안에서 잠이 오지 않아 건밤을 세웠다. 비록 산속에서 웅크리며 자야 하는 1인용 천막이지만 혼자라도 홀가분하여 좋았기에, 전역을 신청해서 가도실 고향집으로 꼭 가야 되는지 고민했다. 대테러(對terror) 훈련은 정치적 반대파를 진압하기 위해 억압과 폭력을 사용하여 주요 인사납치 및 암살, 폭탄 테러, 자살 공격, 차량 테러 등의 군사 테러를 예방, 저지하는 훈련이다.

훈련이 끝나고 휴가를 받아 동생 현도를 찾아 나섰다. 산속 훈련장으로 면회를 온 아버지로부터 받은 주소를 들고 D시로 향했는데 생각했던 것보다 규모가 큰 회사라 쉽게 찾을 수 있었다. 경비실에서 동생 현도의 퇴근 시간을 기다리며 심심해서 경비직원과 이런저런 이야기를 나누다 보니 알게 된 사실은 그가 육군 특전 부사관의 선배 전우였다는 것이다. 그때부터 대화가 무르익어갔다. 환갑이 넘어 보이는 나이였으나 기백이 있는 모습이 보기 좋았다. 그 선배는 동생 현도를 잘 알지는 못했지만 얼굴 정도는 기억했다. 퇴근 시간이 좀 지나 동생이 동료들과 떠들며 경비실 쪽으로 걸어 나오다 형인 나를 발견하고는 놀람과 반가움이 뒤섞인 기색으로 뛰어왔다. 나는 동생과 악수를 하고는 경비 직원 선배에게 소개하면서 동생을 눈여겨보고 어긋남이 없이 직장 생활 잘하도록 부탁했다.

동생과 나는 인근 식당에서 저녁 식사를 겸해서 마주 앉았다. 두 사람이 마주 앉은 시간은 참 오랜만이었다. 반가움도 있지만 이곳까지 온 사정을 이야기하려면 술 한잔하는 것이 좋겠다고 생각해서 먼저 소주 한 병을 주문했다. 첫 잔을 부딪치자마자 한 번에 모두 마셔서 비웠다. 소위 원 샷(one shot)을 했다. 두 번째 잔을 채우면서 내가 먼저 동생을 향해서 이야기했다.

"몸은 건강하지? 직장은 다닐 만하나?"

"그럼, 고향에서 농사일에 단련된 몸이라 적응은 쉽게 되네?"

"나도 마찬가지였지! 특전 부대의 고되고 공포스러운 훈련이 많았지만 농촌에서 살아왔던 덕을 톡톡히 봤지."

"형은 고되고 위험한 훈련이 많을 텐데 괜찮아?"

"우리가 촌놈들 아니니! 재미있게 고급 스포츠를 즐기고 있다고 생각한다. 우리가 군대 아니면 낙하 훈련이나 헬기 레펠을 하겠나?"

나는 동생 앞에서 너스레를 떨며 비행기에서 뛰어 낙하산을 펴는 훈련과 헬리콥터가 공중에 떠 있는 상태에서 밧줄을 타고 빌딩 같은 건물에 내려오는 훈련들을 몸짓을 곁들이며 흥이 나서 이야기했다. 한참 이야기를 듣고 있던 동생 현도가 심각한 표정을 짓더니 말을 꺼냈다.

"그나저나 아버지 연세도 있고……."

"……."

"그 많은 농사를 하느라 애먹으시네! 형은 군대 생활로, 나는 도회지로 취직이 되어 나왔으니…… 그나마 현찬이가 아버지 곁에서 거들고 있지만 아직 어리기도 하고……."

나는 머뭇거리며 기회를 노리고 있었는데 동생이 마침 먹이를 물어다 주었다. 힘을 쓸 만한 첫째와 둘째 아들은 객지로 나와 버려 셋째 아들이 농사일을 거들고 있으니 걱정이 된다는 통에 나는 상체를 현도 앞으로 내밀며 얼굴 가까이에서 목소리를 가다듬으며 말했다.

"그래서 말인데, 그 문제로 아버지와 새어머니가 훈련장까지 면회를 오셨드라?"

"뭐! 훈련장으로?"

"그래 강원도 산에서 훈련하는데 느닷없이 택시를 대절해서 오셨드라고? 먼저, 부대로 면회를 가셨는데 훈련장 주소를 가르처 줬다고 그리로 오셨더라?"

"아버지도 많이 급하셨나 보네? 강원도 훈련장까지 면회를 가시고……. 그래, 면회 가서서 무슨 말을 하셨는데?"

나는 현도를 만나서 아버지가 면회를 온 이유를 물어보면 거짓말을 하기로 작정했었다. 아버지가 무조건 장남인 내가 고향 가도실로 와서 농사도 짓고 제사를 지내야 된다고 했다면 트집을 잡아 고향으로 가라고 할 수 있다고 생각했기 때문이다.

"너를 만나 상의를 해서 둘 중에 한 아들은 무조건 고향으로 와서 살아야 된다고 아버지가 말씀하셨다. 그래서 상의를 하러 왔다."

그 첫마디에 동생 현도는 매정하게 거절했다.

"나는 고향 가도실에 못 간다. 싫어서 안 가는 게 아니라 여기 일자리를 부탁으로 어렵게 구했을 뿐만 아니라 이제 일을 좀 알 만한데 퇴사를 한다면 직장을 알선해 준 친구에게 예의가 아닐 뿐더러 사람을 뭐로 보겠나!"

나는 당황스러웠다. 뭐 반박하고 설득을 해야 되는데 큰 바위 앞에 가로막힌 것 같아 진퇴양난이었다. 하여튼 설득을 해서 현도를 부모 곁으로 보내야 되는데 좋은 방도가 떠오르지 않았다. 그때 갑자기 군대의 특수성을 부각해서 설득해야겠다는 생각이 떠올랐다.

"현도야? 너도 어렵게 취직을 했고, 회사의 분위기를 보니 잘 적응하고 재미도 있어 보이는구나?"

"……."

"너도 알다시피 군대는 특수한 집단인 것 알잖아? 그것도 특전 부대이니 여러 가지 국가와 국익을 위해서 계획하고 있는 것이 있다, 말이다. 내가 소속되어 있는 팀이 그러한 계획을 추진하고 있는데 그것이 2년만 지나면 종료된다. 또 그것이 잘 마무리되면 나는 상사로 진급도 하게 되고…… 또 결혼할 여자가 생겨 형수가 생길 것 같고……."

현도는 그 이야기를 듣고는 고개를 들어 나를 빤히 쳐다봤다.

"그래서 말인데…… 2년만 고향 가도실에 가서 부모님을 지켜 줘라."

현도는 나의 부탁에 쓰다 달다 말이 없었다.

"2년 뒤에는 조건 없이 내가 고향으로 가서 든든하게 지킬 테니 그렇게 좀 해다오?"

그래도 현도는 대답이 없었다.

나도 여기까지 너의 대답을 꼭 얻으러 온 것은 아니다, 너도 쉽게 결정을 못 하리라고 생각하고 여기까지 왔으니 차근히 생각해 보고 답을 달라고 하고 그 식당에서 헤어져 부대로 출발했다.

내가 동생 현도의 입장이라도 쉽게 고향으로 돌아가겠다고 결정하기가 어려울 것이라고 생각은 했지만 너무 완강하게 반대를 해서 당혹스러웠다. 부대로 복귀 후에 참참 생각해 보니 현도가 귀향(歸鄕)을 강하게 거부하는 의미로 나에게 편지 자체를 안 할 수도 있겠다 싶어 단념하려 했지만 자꾸 신경이 쓰였다. 편지를 기다리며 하루하루 시간이 흘렀지만 감감무소식이었다. 다른 한편으로는 스스로 장남이 해야 되는 소임을 무책임하게 동생 현도에게 떠넘기려고 했던 것은 아닌지 되돌아보기도 했다. 여러 정황을 고려하며 이해했지만 은근히 화도 나고 팔자가 꼬이는 것 같아서 짜증이 나 퇴근 후에는 술을 달고 살았다. 한편으로는 전역의 절차와 퇴직금에 대해 담당 부서를 찾아 질의와 상담을 병행했다. 그렇지 않아도 부글부글 속이 끓고 있는데 담당자는 특전 부사관으로 내가 여러모로 적격자인데 뭘 잘못 생각한다며, 사회에 나가도 이만한 대우를 받기는 어려울 거라고 설명했다. 그런 말을 들을 때면 화가 더 났고 갈피를 못 잡고 폭주(暴酒)했다. 생활은 엉망진창이었다. 삶이 포기 상태에 이르러 특전 용사로서의 생활에 회의를 느끼고 긴장도 많이 풀어졌다. 늘 자긍심을 느끼며 특전 훈련에 임했고 주춧돌처럼 늘 중요한 위치에서 인정받았다. 힘은 들었지만 늘 성취감은 하늘을 찌르는 듯했는데 할 수 없이 장남의 길을 선택하느라 너무 일찍 내려놓아야 되는 것 같았다. 그러다 부정을 하면서 내 나이 서른도 안 된 청년이니 스스로 가고 싶은 길을 가야 되는 것이 아니냐고 머리를 좌우로 흔들기도 했다.

전역하는 것이 기정사실로 굳어질 때쯤 동생 현도로부터 편지가 도착했다. 편지 봉투를 뜯으면서도 "뭐 하러 안 해도 되는 편지를 보내고 그러냐?"라고 중얼거렸다. 편지를 읽어 내려가면서도 별 기대는 하지 않았다. 중간쯤 읽다가 깜짝 놀라서 편지지를 내려놓고 허공을 바라보았다.

'형이 부탁한 대로 2년간만 고향 가도실에 가서 아버지를 보살피고 농사도 짓겠다. 형이 일부러 시간을 내어 나에게 찾아온 성의도 있었지만 아버지와 새어머니가 나에게도 면회를 오셔서 형을 걱정하셨다. 특전 용사로서 산속에서 고생을 할지언정 진정으로 군인이라는 직업에 만족하는 형의 모습을 보시고서, 대신 나에게 고향을 내려올 수 있겠는가를 묻고 가셨다. 아버지의 자식 사랑에 내 마음이 변화가 생겨 2년간만 귀향하겠다고 결심했다. 2년간만……'

편지를 읽고는 마음이 찜찜했다. 간절했던 소망이 이루어졌는데, 뛸 듯이 기분이 좋아야 되는데 어딘지 모를 허전함과 앞으로는 더 군대 생활을 잘해서 좋은 소식만 전해야겠다는 책임감 같은 것이 짓눌렀다.

농촌은 일이 춤을 춘다.

일을 하지 않으려고 해도 발길마다 일들이 앞을 가로막으며 일을 다 해 놓고 지나가라고 아우성이다. 그래서 이른 새벽부터 늦은 밤까지 동동걸음을 쳐도 곧 일거리는 뒤따라오는 형국이다. 그 산더미 같은 일을 평생토록 해온 동생 현도(賢道) 역시 도회지 아스팔트의 깔끔한 환경과 시간관념이 명확하고 발전된 곳에서 생활하고 싶었을 것이다. 물론 도회지라고 경쟁이 없고 늘 넉넉하고 풍족한 유토피아(Utopia)만 있는 것이 아니라 더 각박하고 더 치열하며 더 삭막한 환경 속에서 이겨 내야 하는 현실인데도 불구하고 말이다. 총각 때는 그렇다고 해도 결혼한 후에는 아내인 제수(弟嫂)까지 농촌이라는 한 울타리에서 하나가 되어 장남의 역할을 해 온 것이 가슴 아프다. 2년이라고 약속한 시간이 평생 농촌에서의 생활로 이어진 것이다.

할아버지와 할머니, 아버지와 새어머니의 하루 세 끼 밥상을 차리는 것부터가 고역이고 노동임에는 분명하다. 생일상 차림과 환갑과 진갑의 잔치까지 치렀으니 부족한 손을 채우느라 두레나 품앗이로 동생과 제수가 얼마나 많이 쫓아다녔을지 생각하면 짠하다. 또 할아버지와 할머니와 같이 살았기 때문에 그 어른들을 뵈러 오는 손님들은 몇 곱절 되었다. 손님이 온다는 것은 즐거움일 수도 있지만 손님을 대접하고 치다꺼리를 해야 되니 어떤 때는 농사일보다 더 힘이 들고, 가까운 친척은 며칠씩 묵고 떠난 경우도 허다하여 풍족하지 않은 살림에 반찬을 해 대는 것도 골칫거리였다. 그러는 가운데 조카들을 잉태하여 육아하는 사이사이에 논일과 밭일을 해야 되는 것은 당연한 것이었다. 도회지 아낙보다 몇 곱절의 노동과 시간을 아껴서 하루하루의 생생한 업적을 우리 가정사에 남긴 동생 현도와 제수였다.

교량(橋梁)이 없던 시절에는 홍수 철에 다 영근 농작물을 그냥 놔두면 폐농이 되고, 또 한 푼의 돈을 마련하려면 농작물을 추수해서 알찬 곡식을 내다 팔아야 되었다. 허리에 밧줄을 매고 서납나들 양쪽 나무와 연결해서 떠내려가지 않게 하고 수박과 고추와 잎담배를 지게로 져 나른 적도 있었다. 추수를 앞둔 볏논에 태풍으로 서납나들이 범람하여 한 톨의 쌀도 건지지 못한 허무한 시절도 있었다.

이런저런 고난을 누구에게 원망하지도 않고 2년만 약속했던 고향 생활이 훌쩍 40년이 지나 버려 늘 동생 현도 앞에 서면 죄인이 된 듯했다.

무릇 모든 자식이나 인격체의 평등을 주장하지만 가정이라는 구조에서는 평등을 적용하고 평가하기는 무리가 있었다. 장남인 내가 고향 집을 떠난다면 장남 대신에 부모를 보살피는 역할을 할 사람이 생겨나야 되고 그는 고향에 파묻혀 부모의 노동과 고됨을 물려받고 보살펴 주는 것까지 해야 되는 것부터가 불평등의 시작이기 때문이다. 대다수는 고향이라는 푸근함을 떨쳐 버리고 꽉 박혀 내려오는 관습과 예의범절에서 이탈하여 좀 자유로이 살 수 있는 도회지에서 연회(宴會)를 즐기고 싶은 욕망이 있다. 물론 도회지라는 각박한 곳에서 치열한 경쟁을 치르는 삭막함을 각오해야 됨은 당연한 것이다.

얼마 전에 막걸리 잔을 앞에 두고 동생 부부와 마주한 적이 있었다. 군대 생활 30여 년이 훌쩍 넘어 전역을 앞둔 시점이었다. 그전에도 여러 번 동생에게 미안하다고 말한 적이 있었지만 그날이 가장 또렷하고 선명한 기억으로 남아 있다.

"동생과 제수를 보면 든든하고 미안하네!"

"형님도, 별말씀을 다 하시니더."

"또 다른 동생들에게도 형으로서 해 준 것이 없어 미안하지만 스스로 성장해서 가정을 이루고 조카들을 낳고 건강하게 성장시키고 참, 대견하다고 생각이 돼!"

"……."

"되돌아보면 어린 나이에 어머니를 잃고 비정상적으로 성장하여 탈선을 한다든지, 비뚤어질 수도 있는데 반듯하게 성장을 한 것을 보면 좋은 팔자를 타고났고, 또 삼신 할매가 많이 도와준 덕분인 것 같고…….”

“낳아 준 어머니가 좋은 유전 인자를 주셨던 것 같아요.”

“당연하지. 그리고 새어머니도 천상천하의 선녀가 우리 집으로 오셨고…….”

“그럼요. 저도 자식을 키우면서 나의 핏줄도 어떨 때는 미워서 속이 펄펄 끓을 때도 있더라고요.”

“너만 그랬겠니! 그럴 때마다 새어머니를 떠올리며 늘 감사했다. 자식들이 건사하는 데도 새어머니의 손이 필요했지만 그때 아버지 나이가 서른 살쯤이었으니 그 젊음의 열기에 아내가 없었으니……! 되돌아보면 참 암담했지? 제수는 고향 가도실에 살면서 가장 후회한 시간이 언제였죠?”

제수는 빙그레 웃기만 하고 말을 아꼈다. 추측하건데 뭐, 잘 알고 있으면서 물어보느냐라는 뜻이 내포된 듯했다.

나로 인하여 동생 부부가 선택의 여지 없이 고향 가도실에서 신혼 생활을 시작하였고 층층시하(層層侍下)의 어른들을 보살펴야 되는 장남의 역할을 대신해서 쭉 이어왔다. 결국은 그 어른들을 저세상으로 보내고 3년 탈상을 한 후 그 혼령까지도 서운하지 않게 마무리하고 이제는 할아버지와 할머니가 되어 동생의 가정에서 최고의 존위에 올라 있는 상태였다.

40여 년의 지난 세월만큼이나 속앓이가 많았을 것이라 추측할 뿐이지 직접 겪은 동생 부부에 비해 곁에서 지켜본 나와 아내는 천양지차(天壤之差)였을 것이다.

그날 밤이 으슥할 때까지 술자리가 연장되었다. 취기가 다소 오르자 갑자기 제수가 할 말이 있다고 했다. 알코올이 혈관으로 확산되면서 대담해지고 용기가 생긴 것 같았다. 조금 전 내가 질문을 했던 고향 가도실에 살면서 가장 후회된 시간에 대한 답변을 하겠다고 했다. 그러면서 오해가 없는 것을 전제로 말하겠다고 했다. 폭발성 답변이 될 것 같아 조금은 긴장이 되고 또 한편으로 궁금증도 생겨 기대되었다.

"많은 시간이 지났지만 도망가서 이 집 며느리의 직분을 팽개칠 생각도 여러 번 했습니다. 그럴 때마다 나를 잡아 둔 사람은 3남매의 아이들이었습니다. 도망을 가려던 이유는 힘이 들기도 했고 경제적으로 궁핍한 것도 포함이 되었습니다. 가장 견딜 수 없었던 것은 어머니가 여기 있는 형님과 비교해서 저를 차별하는 데 모멸감을 느꼈습니다. 내가 시집와서 보니 어머니께서 우리 집으로 재혼해 온 지 10년 정도 되었지요. 곁에서 보살펴 주는 며느리는 둘째인 저인 데 반해 형님은 1년에 서너 번 고향에 다니러 옵니다. 설, 추석, 어른들 생신날 정도였지요. 고향에 올 때마다 형님이 용돈을 얼마나 주는지 모르지만 어머니는 제가 안중에도 없고 형님만 편애하고 신경을 쓰고……. 힘들다고 쉬라고 하고, 많이 먹으라고 밥상의 반찬을 형님 쪽으로 당겨 놓았지요. 식구들이 모였다 뿔뿔이 떠나고 나면 공황이 왔습니다. 지금 생각해 보니 우울증이었는데…… 눈뜨면 일이 눈앞에 있으니 쫓아다니고 해서 스스로 치유가 된 것이지 도회지 며느리

같았으면 입원해서 치료를 받았겠지요! 지금도 생생한 것이 그두 병 남은 '박카스'를 형님에게 모두 줘 버리고 저를 닭 쫓던 개지붕 처다보는 며느리로 만들어 버린 어머니였습니다. 형님 기억나세요?"

나와 아내는 아무 말이 없었다.

"……."

제수는 계속 말을 이어갔다. 작정이나 한 것처럼 한풀이를 해댔다.

"그때는 자식이고 남편이고 모두 싫어져서 입던 옷만 가지고 떠나려고 집 앞 동네 길을 수십 번 들락거렸지요! 주머니에 단돈 몇만 원만 있어도 떠났을 겁니다."

이야기를 하던 제수가 갑자기 조용해지면서 얼굴이 붉어지면서 흐느끼기 시작했다. 동생 현도는 옆에서 '허 참, 허 참.' 할 뿐 어떠한 조치를 못 했다.

더 이상 그 자리에 있다가는 감정이 격해진 제수가 시집살이에서 겪은 이야기를 더 풀어헤칠 것 같았고 그 뒤로 어떻게 될지 몰라서 서둘러 자리를 정리하고 뿔뿔이 헤어졌다.

가을걷이에 눈코 뜰 새 없었지만 도회지에 나가 사는 사촌들이 해야 되는 벌초까지 동생 부부는 불어닥친 태풍을 피해 추슬러 나갔다. 그때는 벌초라면 일일이 한 줌 한 줌 낫으로 풀을 베고 갈고리로 끌어서 산소를 깨끗하게 하던 시절이었다. 노동력이 절대의 바탕이 되어 벌초하던 시절이 있었다. 지금은 동력식 예초기나 승용식 예초기로 많이 편리해진 게 사실이다. 그때는 아마 한 해에 일주일 정도로 시간을 내어 산소 스무 위(位) 정도를 구불골, 탑골, 재마지골, 송가지골로 걸어 다니며 벌초를 했다. 동생 부부가 벌초를 다 해 놓으면 추석날 당일 온 대소가가 모여서 성묘를 했다. 그러면 그 많은 손님에게 밥을 해 대며, 떠날 때는 바리바리 선물 꾸러기를 손에 쥐어서 보냈다. 어디 그뿐인가. 가만히 있으면 어련히 챙겨서 줄 텐데 시키지도 않은 풋고추를 따서 가져간다고 밭에 들어가 애지중지하던 고추 가지를 죄다 부러뜨려 말라 죽게 한 경우도 비일비재했다.

그들이 고향 가도실을 떠나고 나면 제수는 자학을 하며, 자신을 비관했다. 시골에 파묻혀 살고 있으니 자신을 무시하는 처사라고 광분을 했다. 그 사람들도 지금은 도회지에 살고 있지만 한때는 농사를 지어 본 적인 있었을 텐데, 그 짓을 할 때면 천불이 났다. 농사를 짓는다고 무시하나 싶기도 했다. 추석을 지내고 나면 제수는 몸살을 앓았다. 그 많은 사람을 맞이하느라 며칠 전부터 음식을 만들고 추석 당일에는 밥과 반찬을 만들어 대접하고 설거지를 하고…… 기계가 아닌 이상 당연하게 탈이 나야 정상인 것이다.

'세상에 공짜는 없다.'라는 말은 돈과 노력을 들이지 않고 쉽게 이루는 것이 없다는 뜻에서 쓰인다. 농사라는 것이 땅을 고르고 금방 흙에 씨앗을 넣고, 새싹을 관리하고, 비료와 농약을 뿌려 주고 단순히 곡식을 수확하는 것이 아니다. 농사 분야만

큼 전문성과 경험, 노동력, 농기계 구입에 따른 자금력이 요구되는 분야는 없을 정도다. 트랙터 한 대가 1억을 훌쩍 넘는 가격이다.

지금은 고향 가도실뿐만 아니라 어디를 가나 젊은 사람 구경이 어렵고 대부분 노인들이 구성원으로 차지하고 있다. 따라서 농사는 최소의 노동력으로 큰 부가 가치를 창출하는 품종을 찾고 눈여겨보려고 혈안이다.

세상살이가 호락호락한 것이 어디 있겠는가! 신선놀음 같은 삶이 없듯이 말이다.

동생 현도도 40여 년 가도실에서 터득한 각고의 노력과 땀의 대가로 값진 보석을 손바닥에 쥘 수 있었다. 땀 없이 쉽게 이루려다 모든 것을 잃는 도박꾼 같은 농사꾼이 도처(到處)에 널려 있어 그 과정을 지켜볼 기회가 많이 있었나. 그래서 여러 가지를 도마 위에 올려놓고 칼질해서 요리조리 비교해 보고는 2등이 1등이 된다는 신조로 조심스럽게 농사 기술을 익혔다.

고향 가도실의 특산물은 마늘이다. 처음 씨앗을 심어서 수확하기까지는 대략 9개월이 소요되는데 전년도 10월에 파종하여 다음 해 6월에 수확한다. 씨앗을 넣기 전 파종 흙을 부드럽게 만드는 로터리 작업을 시작으로 씨앗을 넣고, 비닐 덮기를 하고, 겨울을 이겨 내고, 봄에 싹이 나면 비닐을 뚫어 낱낱이 촉을 밖으로 나오게 하고, 잡초를 뽑고, 비료와 농약을 살포하고, 가뭄이 있을 때는 관수(灌水)를 해서 마늘을 길러 내어 수확을 하는 것이다.

아기를 키우는 것과 같은 정성과 사랑으로 성장을 관리한다. 씨만 뿌려 놓고, 가만히 있다가 모두 성장하면 수확만 하는 작물은 이 세상 어디에도 없다. '농부의 발걸음 소리를 듣고 작물이 성장한다.'라는 구절이 모든 것을 대변한다. 부지런함 속에서 작물이 성장하고 익어가는 것이다.

'1만 시간의 법칙'대로 농사를 10년간 연속으로 지으면 전문가가 되는가?

결론은 아니다. 운칠기삼(運七技三)이라는 말이 왜, 있겠는가? 성공의 조건으로 운이 7할이고, 3할이 재주나 노력이 차지한다면 누구든 노력하지 않을 것이다. 7할에 포함되는 중요한 부분이 인간으로서 극복하기엔 버겁다는 뜻도 내포되어 있다. 곧 본인 스스로 준비할 수 있는 것은 3할뿐이고, 기타 7할이 외부적인 요인에 의해서 승패가 결정된다는 것이 농사다. 그 7할의 외부적 요인에는 기후 환경을 극복하여 성장하는 작물이 장마철에 침수해를 받거나, 혹독한 가뭄으로 작물들이 타들어 가거나, 추석 전후의 태풍을 이겨 내거나, 냉해로 봄의 싹도 틔우지 못하는 것까지도 이겨 내야 한다.

씨앗을 뿌리고, 병충해를 대비하는 것은 기본이며, 궁극적으로 어떠한 외부적 재해로부터 항시 극복하여 농산물 수확을 100% 담보해야 한다. 그래서 수확한 곡식을 판매하여 돈이 주머니에 들어와야 전문가라고 말할 수 있다.

곡식을 판매한 돈은 다시 농협의 통장 계좌에 넣어 내년에 다시 쓸 씨앗 값이며, 비료 및 농약 값, 농사용 비닐, 유류 및 전기료 등을 지불해서 순환이 되는 이치이다. 다시 말해 농사 경영까지 규모에 맞게 계획하고 실행해야 농사 전문가라고 할 것이다.

농기계의 구비, 관수 시설, 기타 농사 시설을 포함하고, 경험으로 쌓은 기후 데이터로 늘 대비하고, 어떠한 이상 기후에도 항상 이겨 낼 수 있도록 공부해야만 농사 전문가가 되는 것이다.

동생 현도와 막걸리를 한 사발 앞에 놓고 물어본 말이 있었다.

"동생은 삶의 시간을 되돌려 젊은 스무 살이라면 뭘 하고 싶은가?"

나의 질문에 동생은 답했다.

"일흔 살이 가까워져 오니 농사의 성공 비법을 알 것 같네요. 스무 살로 되돌아간다면 농사를 멋있게 다시 짓고 싶네요?"

찡하고, 먹먹했다. 역시 나와 같이 피를 나눈 동생다웠다.

'2년만 고향을 지켜다오!'라고 애걸복걸해야 했던 과거와 달리 이제는 다시 20살로 되돌아가더라도 정년이 없는 고향 가도실을 지키겠다는 동생이 한없이 든든했다.

그곳 가도실에서 말이다.

그 도시락과 새어머니

　우리 집에서 새어머니 입지는 암묵적으로 단단해져 가고 있었다.

　그 시점은 작두의 시퍼런 칼날로 손목을 절단하겠다고 나섰던 미수 사건 이후라고 보는 것이 적당할 것이다. 그 일 이후로 늘 뽀로통한 얼굴이었던 새침데기의 동생 현옥이도 "엄마, 엄마." 하면서 간이라도 빼 줄듯이 싹싹했다. 속으로는 어쩐지 모르겠으나 겉으로는 친엄마가 살아 있을 때보다 더 사근사근했다.

　또 새어머니 역시 "우리 현옥이, 우리 딸." 하면서 눈에 넣어도 아프지 않은 딸처럼 대했다. 할머니는 며느리인 새어머니를 대할 때 무덤덤한 중립적인 위치를 취했다. 작두 사건으로 엄청 혼이 났고, 또 물터지 논 세 마지기 땅문서를 달라거나 곳간의 쇳대를 요구하며 졸라대지는 않을지 늘 신경이 쓰였다.

　새어머니와 여동생 현옥이의 관계는 서로 필요에 의해서 인정해 주고 부족한 것을 눈감아 주는 공생적 관계인 반면에 할머니와 새어머니의 관계는 서로 견제하면서도 적당하게 아량으로 헤아려 주는 형편이었다.

새어머니가 아버지의 아내가 되어 서너 해가 지날 때쯤 집안이 발칵 뒤집혀 버렸다. 새어머니가 본인의 아이를 낳아서 기르겠다고 선언을 했기 때문이다. 할아버지와 할머니는 있을 수 없는 일이라며 펄쩍 뛰었고, 이상하리만큼 아버지는 아무 말이 없었다.

매사를 무덤덤하게 지켜보던 할머니도 이 문제만큼은 그냥 눈감고 넘어갈 것이 아니라고 생각하고 새어머니에게 조곤조곤 따졌다.

"네가 우리 집으로 올 때 자식을 못 낳는다고 했지 않느냐?"

"예, 맞니더. 자식을 낳지 못하는 몸이고 그래시 여태껏 임신이 안 되었지요?"

"그런데 어떻게 자식을 낳겠다는 것이냐?"

"병원에 다녀 불임의 원인을 찾아 치료해서 낳을 것입니다."

"허허, 우리 집으로 올 때 약속한 것과 다르지 않으냐?"

"내가 며느리로 왔지만 아무런 재미와 희망이 없니더. 일곱 자식은 내 배로 낳지 않아 그 지나꺼리로 한평생을 보낸다면, 그리고 죽으면 제사는 누가 지내 줄지도 모르고…….."

"당연히 큰손자 현태가 자네의 제사를 지내 주지! 왜, 그런 걱정을 하나?"

"걱정이 되지 않겠니껴? 어머니가 제 입장이라도…….."

"논문서와 곳간의 쇳대도 넘겨 줄 테니 아무 걱정하지 말고 …… 조용히……."

"아닙니더. 그것은 받지 않아도 되니더. 병원에서 치료를 받아 보고 안 되면 할 수 없지만…… 친정 오빠가 병원도 알아 놓고 진료 일자도 예약을 해 놓았니더."

할머니는 진퇴양난이었다. 더 이상 막을 방도가 없었다. 그래서 새어머니는 D시의 용하다는 산부인과 병원을 뻔질나게 다녔다.

여성 불임의 가장 많은 원인은 배란 장애와 난관 및 복강 내 병변이다.

성숙된 난자가 배출되는 것을 배란이라 하는데 이곳에 문제가 생겼거나 난자를 난소에서 자궁으로 운반하는 1개의 관인 난관에서 또는 복막에 둘러싸여 있는 공간인 복강내(腹腔內)에 비정상적인 세포나 조직으로 말미암아 불임이 되는 경우가 많다. 산부인과 의사 선생님의 말에 따라 아버지와 새어머니는 불임 원인을 찾기 위해 함께 검사하고 치료를 받았다.

1년 넘게 치료를 받았지만 다행인지 불행인지 새어머니는 임신이 되지 않았다. 할머니는 내심 기뻤으면서도 걱정을 하는 척했고 할머니 본인도 이렇게 마음이 아픈데 새어머니는 얼마나 상실감이 클 것이며 속이 아리겠냐고 위로를 했다. 그러면서 슬그머니 논문서와 곳간의 쇳대를 새어머니 앞에다 두고 그 방을 나와 버렸다.

새어머니는 임신도 안 되는 마당이라 땅문서와 곳간의 쇳대를 안 받겠다고 했던 약속을 번복하게 되었고 이것이라도 받아 두자는 심정으로 다시 할머니를 찾아 방으로 가서 말했다.

"산부인과 치료를 받을 때 어머니가 진심으로 걱정을 해 주셔서 고마웠니더."

"시어머니로서 당연하게 걱정을 하고 잘 되었으면 하고 빌었다. 이제 할 수 없으니 팔자로 돌리고 우리 이대로 잘 살아 보자."

"예, 알겠니더. 이 땅문서와 곳간 쇳대는 처음부터 약속이 되었던 것이니 제가 보관하도록 합시더!"

"그래, 당연하지! 많이 늦었지만 서운해 하지 말고 잘 간수하고 알뜰하게 살림을 잘 살아다오!"

"예, 어머니!"

어떻게 보면 새어머니가 진정한 며느리로 인정받은 것은 그때부터라고 봐야 할 것이다. 더 이상 우리 집 씨로 아기를 낳을 수 없다고 확인받은 뒤에야 진정한 며느리로 인정을 받았으며 안살림을 넘겨받아 안주인의 자리에 앉게 되었다. 여태껏은 외형적인 허드레에 불과했고 곳간의 쇳대를 꿰어 찬 시점부터 진정한 안주인으로서의 위상과 권한이 발휘되는 것이었다. 새어머니는 쇳대를 받자마자 5색 색실로 끈을 땋아 쇳대의 구멍에 묶었다. 혹시 잊어버리더라도 명확하게 주인을 밝힐 수 있고 또 정성이 들어간 새어머니 자신만의 징표를 달아 혼을 넣고 싶었다. 물터지의 논문서는 죽은 친어머니가 시집올 때 가지고 온 5단 서랍장 맨 아래 칸에서도 밑바닥에 넣고 그 위는 일 년에 한

두 번 입는 옷으로 가지런하게 덮었다. 그리고는 서랍을 밀어 닫고는 걸레로 수없이 닦아 윤이 나도록 했다.

새어머니도 이번 불임(不姙) 치료로 말미암아 잘된 일이라고 생각하는 계기가 되었다. 본인의 배로 낳지는 않았지만 죽으나 사나 일곱 남매에게 정성을 다해서 건강하고 훌륭하게 키워야 겠다고 다짐했다.

시간이 흐르고 몇 년 뒤 나는 결혼을 해서 부대 관사에서 신접을 차렸고 6개월 뒤 동생 현도마저 결혼을 해서 고향집에서 할아버지와 할머니, 아버지와 새어머니를 모시고 신혼 생활을 시작했다.

나의 신혼 생활에 비하여 동생 현도 부부의 신혼은 열악했고 힘이 들었다. 어쨌거나 차남(次男)이니 곧 고향을 떠나 도회지에서 생활이 가능하다는 감언이설로 꾀었고 제수는 그 말을 모두 믿었다는 것에서 실수였고 입장 차이가 생겼다. 층층시하에 줄방귀 참는 새댁처럼 이러지도 저러지도 못하는 신혼부부로 가도실 동네에 갇히고 말았다. 입 한 번 벙긋 못 하고 어른들이 '이것 해라, 저것 해라.' 하면 따르는 데 급급한 손자와 손부, 차남(次男) 부부가 되어 버린 것이다. 동생 부부는 거의 5년을 같은 집에 살다가 조카 둘이 태어난 후 같은 동네로 신접살림을 차렸다. 그때 기회라 치고 도회지로 나가 살겠다고 생떼를 부렸어야 했지만 동생 현도는 순둥이였고 효자이기도 했다. 밤에 잠만 분가한 집에서 잤지, 모든 생활은 할아버지와 할머니가 있는 집에서 했으니 어떻게 보면 더 번거로운 생활이 되고 말았다.

동생 내외는 맏아들인 우리 부부와 비교하여 원통하고 억울한 점이 많았으며 속으로는 어쩐지 모르지만 겉으로는 무덤덤하게 잘 견뎌 내는 듯했다. 그리고 농촌이 바쁘기도 하지만 많은 어른 틈바구니에서 시간에 쫓겨 빠르게 세월이 흘러갔다.

새어머니가 곳간 쇳대를 가지고부터는 친정 검곡리 나들이도 한결 잦아졌고, 대신에 할머니는 시어머니였지만 늘 궁했으며 용돈이 생기면 치마를 훌떡 들어올리고는 두루주머니에 꽁꽁 숨겼다. 그렇게 보관한 돈으로 손자들의 소풍이나 운동회가 있으면 한 푼씩 주기도 했다. 결혼한 여자들이 친정에 갈 때면 친정 부모에게 줄 선물 준비는 당연했으며 고깃덩어리도 끼고 가야 친정 식구들은 물론이고 동네 사람들에게도 볼 낯이 생겼다. 새어머니는 친정을 갈 때면 꼭 아버지를 앞세우고 우리 7남매를 끼워서 데리고 다녔다. 그때 아버지의 양손에는 당연히 선물 꾸러미가 달렸으며 며칠 쉬다가 검곡리에서 가도실로 돌아올 때는 친정 부모에 돈 봉투를 전해 주고 돌아섰다. 몇 번 따라다녔던 우리들은 검곡리가 외가임을 기정사실로 인정하게 되었고, 외할아버지, 외할머니, 외삼촌 등의 호칭을 자연스럽게 사용하는 데 거부감이 없었다.

그 뒤 몇 년이 지나 할아버지가 죽고 난 뒤 곧 할머니에게 치매가 왔다. 정신이 오락가락했던 할머니는 다른 사람은 몰라볼지언정 새어머니를 알아보고는 늘 '고마운 우리 며느리'라고 했다. 정신 줄을 놓으면서도 그렇게 말하는 것을 보면, 할머니는 아들이 젊은 아내를 잃은 충격으로 천방지축으로 고주망태가 되어 일곱 자식을 돌보지 않아 어떻게 저 손주들을 인간을 만들지 애를 태우던 차에 체 행상꾼의 소개로 들어온 새 며느리를 복덩어리라고 생각했던 모양이다.

새어머니는 그러한 시어머니를 성심성의껏 돌보며 보살폈다. 물론 동생 현도 댁인 제수가 알뜰살뜰하게 도와준 것은 말할 나위가 없었다. 그렇게 정성을 쏟았으나 할머니는 시름시름하더니 6개월 정도 앓다가 죽어 버렸다.

할머니가 죽고 가장 서러움에 북받쳐 슬퍼했던 사람은 새어머니였다. 우리 7남매는 먼저 친어머니의 죽음으로 큰 충격을 받아 본 경험이 있어 낭떠러지 아래로 떨어져 내리는 것처럼 아득함은 없었다. 그냥 정신적으로 의지하던 진정한 내 편이 없어졌다는 상실감이 더 컸다. 그리고 슬펐다. 새어머니에 대해서는 마음 한구석에 피도 섞이지 않아 우리 어머니가 아니라는 생각이 잠재되어 있었고 할머니는 본인에게 어떤 어려움이 있어도 우리 7남매를 위하여 희생해 줄 수 있는 사람으로 생각하고 있었기 때문에 슬픔은 더 컸다. 할머니에게 매달려 도란도란 이야기를 하고 있다가 새어머니가 들어오면 말이 딱 끊겨 버려 어색한 경우가 종종 있었다. 할머니와 허물없는 관계를 새어머니가 싫어할 수도 있으리라 생각하고 있었고, 성인이 되어서도 죽은 친어머니가 살아서 돌아오는 환상에 빠져들기도 했다. 친어머니와 살았으면 새어머니와 살고 있는 지금보다 더 좋을 텐데, 라고 늘 마음속으로 꿈꾸며 살았다.

새어머니는 할머니의 죽음을 누구보다 더 애통해했으며 세상

모든 것을 잃은 것처럼 슬퍼했다.

"어머니, 어머니 저를 두고 가시면 나는 어떻게 살아가라고 하니꺼? 나를 믿고 곳간 열쇠도 주시고 땅문서도 주셨는데 제가 정성이 부족해서 이런 일이 닥쳤네요! 죄송하고 분합니다. 어머니, 우리 어머니!"

그리고는 며느리로 굳건하게 직분을 이어가겠다고 다짐했다.

"아이들은 걱정 마이소. 지금도 잘 크고 있지만 내가 죽을 때까지 일곱 자식만 바라보고 어미로서 부족함이 없도록 하겠니더. 어머니나 좋은 극락으로 가셔서 부디 행복하소서. 이곳은 제가 정성껏 할 터이니 어머니나 보살피소서!"

할머니와 새어머니는 인연부터가 하늘의 뜻이었다.

그렇지 않고야 어떻게 한집에 살게 되었냐 말이다. 남들은 한 번 하는 결혼을 두 번 한 것도 그렇고, 자식을 낳지 못한 것부터 첫 번째 시댁에서 소박을 맞은 것이며, 그러함에도 두 번째 혼인 말이 돌아 남자에게 딸린 이이가 일곱인데도 덥석 부부의 인연으로 할머니와는 고부(姑婦)간이 되었으니 말이다. 할머니는 어른의 위치를 팽개치고 죽은 며느리의 역할까지 하면서도 아내 잃은 젊은 아들이 매일 술타령으로 횡설수설하니 생병이 날 지경이었는데 그때 마침 굴러들어 온 보물이 새어머니였다.

그 후 고향 가도실에서 춘하추동(春夏秋冬) 몇 번을 돌고 돌았다.

포대산에 단풍이 지고 백설(白雪)이 온 동네를 덮어 가도실 앞들은 풍년을 예고했다. 늘 그랬듯이 온 동민들은 더 열심히 일하고 땀 흘려 농민이 천하의 근본이라는 뜻의 농자는 천하지대본야(農者天下之大本也)라는 문구를 서로서로 전하고 가슴에 새기면서 살았다. 그리고 풍요로운 결실을 얻기 위해서는 늘 하늘에 정성을 들이고 맞춰야 된다는 지혜를 실천하기에 이르렀다. 우리 7남매도 무럭무럭 성장하고 결혼을 해서 나는 군인 관사에서 살게 되었고, 동생 현도와 현옥은 우여곡절을 겪어 고향 가도실에서 살게 되었다. 나머지 현찬, 현우, 현진이도 결혼하여 도회지 사람이 되어 알뜰살뜰 저축을 해서 월셋집에서 전셋집으로 옮겨가기도 했고, 부부가 더 열심히 직장 생활 했던 동생은 조만간에 아파트를 마련해서 이사 갈 것 같다는 희소식을 전해오기도 했다.

여동생 현옥의 남편은 어릴 때부터 나에게 형, 형 하면서 잘 따르던 동네의 옆집 동생이었다. 우리 집안의 형편을 누구보다 더 잘 아는 동생이 우리 집을 들락거리더니 덥석 임신을 시켜 막다른 선택으로 같은 마을에 신접을 차렸다. 하여튼 처녀와 총각은 틈을 주면 그 틈바구니 속에서 열정을 꽃피우는 힘이 있었다.

다른 집 자녀들은 어떤지 모르지만 우리 7남매는 결혼을 할 때 부모에게 도움이 필요하면 먼저 아버지에게만 속닥거리며 여쭙는 것이 전례가 되었다. 그리고 자식들이 결혼 준비에 들어가는 돈을 얼마나 모았는지를 말하면 부족한 돈은 절충해서 도와 줬다. 최종적으로 돈을 줄 때는 새어머니 앞에서 다시 아버지에게 말했던 그대로 설명해서 목돈을 건네받았다. 그 이유는 곳간의 열쇠를 가진 새어머니의 비위를 거슬러서 좋은 것이 없고 같은 핏줄이 아니라고 소외감을 느낀다면 덕 볼 것이 없기 때문이다. 그래서 우리에게 피를 준 아버지와의 대화법이기도 했고 새어머니가 친어머니가 있었다면 절대 그러하지는 않았을 텐데, 라고 되새겨 보는 대목이었다.

새어머니 회갑 때였다. 몇 날 며칠 음식을 장만하고 일가친척과 동민들을 초대했다. 음식을 장만할 때는 동생 현도 부부가 새어머니와 상의해서 준비했다. 동네 아낙들이 모두 모여 솥뚜껑을 뒤집어 불을 지펴 적(炙)을 굽고 새어머니는 좀 단출하게 하고 싶었으나 이것저것 장만하다 보니 모인 사람들이 입이 떡 벌어져 다물지를 못할 지경이었다. 눈이 휘둥그레지는 고배상과 입매상도 준비했다. 과일과 유과 등을 색을 맞추어 높이 괴는 것을 고배(高排) 또는 굄새라고 하는데 그 큰상을 고배상 또는 망상(望床)이라고 한다. 망상의 뜻은 정성껏 차려 놓은 고배 음식은 아까워 먹을 수가 없으므로 바라다보기만 하는 상(床)이라 하여 망상이라고 했다. 따라서 음식을 간단하게 조금만 먹어 시장기를 면할 수 있도록 망상 앞에다 따로 입맷상도 준비했다.

새어머니는 비록 재혼(再婚)이지만 막막했던 마음으로 우리 집에 와 잘 견뎌 냈고 올망졸망했던 7남매를 밥벌이하도록 성장시킨 것만으로도 충분히 어머니의 자격이 있었다. 7남매가 건장하게 서서 절을 하고 술을 권해 드리고 흥에 겨워 노래를 부르고 춤을 췄다. 그때 동생 현도가 '우리를 키우느라 고생했니더.'라고 말하고 새어머니를 덥석 업고 마당을 돌았다. 한참 돌고 있는데 새어머니가 현도의 등에서 내려 달라고 아우성을 치며 등을 쥐어박았다. 무슨 영문인지 모르고 새어머니를 내렸더니 새어머니가 장남인 나를 찾았고 나의 등에 업히겠다고 떼를 썼다. 나는 이러지도 저러지도 못하고 엉덩이를 내밀어 새어머니를 업고 엉거주춤한 표정으로 마당을 돌았다. 한바탕 돌고 나니 후들거려 내려놓으려는데 나의 귀에 대고 뭔가를 속삭였다. 주변이 시끄러워 잘 들리지 않아 재차 물었더니 새어머니가 이렇게 말했다.

"내 죽거든 제사는 장남인 네가 꼭 지내야 된데이?"

나는 주저함 없이 대답했다.

"어머니, 걱정하지 마이소. 당연히 맏아들이 제사를 지내야죠?"

"그래. 고맙다, 고마워."

"고맙기는요. 으레 장남의 몫인데요."

새어머니와 내가 대화하는 것을 바로 곁에서 동생 현도가 닭 쫓던 개 먼 산 쳐다보는 격으로 무표정하게 쳐다보고 있었다. 밥상 준비는 동생 현도 부부가 다 해 놓았는데 밥상의 칭찬은 장남이라는 위치 때문에 나에게 돌아온다는 것이 어색하기도 하고 민망하기도 했다. 새어머니는 약간 취기도 있었지만 7남매 부부가 호위하며 '어머니, 어머니' 하니 기분도 우쭐해져서 의기양양했다. 새어머니가 제사에 목을 매는 이유는 자신의 피가 섞이지 않은 자식들이 자신의 사후에 제사를 잘 지내겠느냐는 의심을 하면서부터 그랬다. 계모의 위치가 그랬다. 삐뚤어진 자식을 인간을 만들려고 매질을 좀 했더니 '친자식이 아니라 저렇게 때린다.'라고 하고, 또 그런 소리가 두려워서 '오냐 오냐' 했더니 '친자식이 아니라서 사랑이 부족하다.'라며 입들을 댄다. 핏줄이 그렇게 중요한 것임을 뼈저리게 느끼며 7남매를 키워 놓았더니 이제는 본인이 죽고 난 뒤에 누가 제사를 지내 주겠느냐가 걱정이 되어 말끝마다 '제사, 제사' 하며 노래를 부르게 되었다.

제사는 약 2,500년 전 중국의 학자에 의해서 시작되었다는 설(說)이 있는데 그 학자가 말하기를 '삶의 마감을 신중히 하고 먼 조상까지 추모하면 백성의 덕이 후하게 될 것이다.'리고 했으며 한자로는 愼終追遠 民德歸厚矣(신종추원 민덕귀후의)라고 했다. 풀이를 하면 다음과 같다. 사람이 죽어 그 생을 마치고 한 번으로 끝나 버리면 '어차피 죽으면 끝인데, 뭐!'라고 생각하고 삶을 망나니로 살 수도 있다. 그러나 죽고 난 후에도 매년 추모하는 날 사람들이 모여 '훌륭하고 선한 분이었다. 나도 그분처럼 살 거야.'라고 칭송하는 자리가 되면 그보다 좋은 일이 없다. 사람이 자신이 죽은 뒤 어떻게 평가를 받을 것인가를 고민하면서 살면 현세의 삶에 더 충실하지 않을까 하여 '조상까지 추모하면 백성의 덕이 후하다.'라고 했으며 큰 호응을 얻었고, 오랫동안 사람들의 삶에 영향을 주었다.

죽은 선조(先祖)의 정기가 자손에게 전해지며 선조가 죽더라도 흩어져 소멸하지 않고 후대에게 존속하는 연속성을 생기게 된다. 또 정기를 통해 선조의 기운이 후대에 이어지고, 후대의 기억을 통해 선조의 정신이 후대의 정신에 새겨지는 동질성이 생긴다는 것이다. 제사는 살아 있는 후대가 죽은 선조를 현재의 세상으로 불러들이는 의식으로 죽은 선조는 살아 있는 후대의 기억과 두뇌에 심리적으로 함께하는 것이다.

일 년에 한두 번은 새어머니에게 재혼을 중신했던 체 행상꾼이 집으로 왔다. 체를 주렁주렁 머리에 이고 왔으니 장사를 위해 이곳저곳을 다니다 저녁나절에 우리 집으로 왔다. 어떨 때는 캄캄한 밤에 인기척이 나서 방문을 열어 보면 체 행상꾼이 '휴우!' 하며 피곤함을 내색하며 웃음으로 인사했다. 새어머니와 만나면 친 오누이처럼 살갑게 인사를 하고 껴안고는 토닥토닥 등을 두드리며 반가움을 표시했다. 다른 동네로 가야 될 텐데 새어머니를 만날 마음으로 가도실 마을로 오곤 했다. 그렇지 않으면 감상골이나 개상골을 갔다가 20리 길을 되돌아서 일부러 가도실로 왔다. 전번에 들리지 않았던 동네에서는 체 행상꾼이 오기를 기다리기도 하고 낡은 체를 삼베로 덧대어 더덕더덕 기워 사용하다 체 장사가 오면 오래된 피붙이가 온 것처럼 반가이 맞이했다. 우리 집에 오면 꼭 하룻밤을 자고 갔는데 무슨 이야기가 그리 많은지 밤을 하얗게 지새우고 어둑어둑한 새벽길에 씨옥수수 매단 것처럼 주저리주저리 체를 머리에 이고 그렇게 떠났다. 동네 어귀까지 마중 나간 새어머니는 안 보일 때까지 손을 흔들면서 무사함과 체를 많이 팔기를 빌어 줬다. 마중 길에서 돌아서서 집으로 오던 새어머니가 중얼거렸다.

"사람의 인연이란 참으로 기구(崎嶇)해! 저 체 장수를 만나지 않았다면 나는 어떻게 되었을까? 어디 허름한 니나노 술집에서 젓가락으로 장단을 맞추며 웃음을 팔 수도 없고, 그렇다고 밥 파는 식당에서 설거지할 나이도 지났고……!"

그쯤에서 혼자 입가를 치켜올리면서 빙그레 웃었다. 그리고 곧 머리를 좌우로 흔들어 생각을 지우면서 그래도 이 세상 사람으로 태어나 우여곡절 끝에 가도실이라는 동네 사람이 되었고 비록 피는 섞이지 않았지만 7남매의 어머니로 우뚝 서 있다는 현실에서 자신을 인정하는 시간을 가졌다.

환갑을 보내고 일흔이 된 새어머니는 서리 맞은 구렁이처럼 행동은 굼뜨고 힘이 빠져 느렸다. 잦은 병치레로 약을 달고 다녔으며 병원에 갈 때도 가까이 살고 있는 둘째 아들 현도 부부에게 느닷없이 오라고 하고 앞장을 세웠다. 농사철이라 눈코 뜰 새 없이 바빠도 막무가내였다. 아버지에게는 말끝마다 숨도 못 쉴 정도로 닦달을 해 댔으며 독기가 서려 있었다. 저 독기가 어디에서 나왔을까 할 정도로 대단했다. 아비지가 꼼짝을 못 했으니 우리 자식들이나 며느리는 겁이 나 앞에 나타나지를 못할 지경이었다.

다른 자식들은 슬슬 피하는데 동생 현도는 달랐다. 새어머니의 독설을 스스로 맞을 과녁판이라 작정하고 덤볐다. 한두 번은 호되게 당했지만 능청스럽게 마음을 어루만져 줬다. 그러면 새어머니는 쉬이 냉정을 찾으며 동생 현도의 말을 곧잘 듣곤 했다. 그렇게 오기와 앙칼을 부리던 새어머니도 금방 표정이 밝아지면서 현도 말에 동의했다. 어떨 때는 아버지마저도 현도를 찾으며 새어머니를 설득해 달라고 했다. 그러면 능글대면서 '아버지도 못 하는데 전들 되겠니껴?'라며 새어머니를 설득하곤 했다.

새어머니도 다 계산이 있었다. 사후에 어떻게 될 것인가에 대한 심리적인 공황 같은 것도 있었지만 가까이 살고 있는 동생 현도마저 내친다면 꾸어다 놓은 보릿자루가 될 수 있다는 것은 잘 알고 있었다. 그래서 현도를 새어머니 품에 좀 가까이 자리를 내 주고 인정해 준 것이다. 그러다가 장남인 내가 고향에 가면 언제 그랬는지 현도는 안중(眼中)에도 없어졌다. 새어머니의 가장 큰 관심사는 죽고 난 뒤 자신은 어떻게 되느냐였고 제사를 지내 줄 나에게로 마음이 옮겨 가는 것을 감추지 못했다. 친모가 죽어 내팽개친 7남매를 죽기 살기로 키웠지만 자신이 죽는 순간 거들떠보지도 않는다면 평생 뒷바라지한 대가가 식모보다도 못한 위치로 전락하는 것이 아닌지에 대한 우려였다.

또 동네의 옆집 할머니들은 고령으로 죽는 날이 가까이 오면 자식에게 부담이 안 되게 그냥 조용하게 죽는 방법이 없을까 걱정했지만 새어머니는 달랐다. 사흘이 멀다 하고 자식 부부를 고향 가도실로 불러 '이게 몸에 좋단다. 이런 약을 먹으면 오래 산다고 하네?' 하면서 자신의 몸만 챙기려 했다. 이 땅에서 평생

한 발짝도 떠나지 않을 것처럼 말이다. 곰곰이 생각해 보면 자식을 직접 낳아 키운 어머니와 남이 낳은 자식을 기른 어머니의 성향도 하늘과 땅과 같이 차이가 있었다.

　그렇게 자신의 몸을 간수하던 새어머니가 갑자기 쇠약해져 갔다. 가까이 살면서 수족이 되어 준 동생 현도와 현옥을 대신해서 나머지 자식들도 정성을 보태야 된다는 의견이 모아졌다. 서로 직장에서 휴가를 내어 며칠씩 고향 가도실을 찾아와 병원도 데려가고 약도 챙겨 주기도 했다. 새어머니는 자식들이 본인을 돌보는 행동을 보고는 많이 심리적으로 안정이 되어갔다. 특히 나만 보면 '맏아들 현태야, 현태야?' 하면서 찔끔찔끔 눈물을 흘렸다. 아마도 외로움과 불안함과 허전함이 엄습해 오는 것 같았다. 그때마다 안정감을 주기 위하여 손을 잡아 주면서 말했다.

　"어머니, 맏아들 현태 여기 있니더."

　"그래, 현태야."

　"어머니! 어디가 불편하이껴?"

　"아니다. 너만 곁에 있으면 된다."

　"알았니더. 이렇게 어머니 손잡고 있으시더."

　"그래, 고맙고 장하다!"

　"별말씀 다 하시니더. 빨리 쾌차(快差)하셔서 내 차 타고 꽃구경이나 가시더."

　"암, 그래야지. 그렇고 말고!"

　비록 어머니가 재혼(再婚)한 것이었지만 우리 집 며느리로 온 지가 40년이 넘었다. 반세기 가까운 세월 동안 몸 비비며 살아

온 동생들에 비하여 나는 일찍 도회지 생활과 군 생활을 하며 새어머니와 마주할 기회가 적었어서 그런지 썩 곰살가운 관계는 아니었다. 새어머니가 서운해할 수도 있지만 맏아들, 맏아들 하니 그 마음을 받아 쥐야 된다는 심정으로 성의를 보여 줄 뿐이었다. 새어머니에 대한 내 마음이 이렇다는 것을 동생이 알아차린다면 많이 서운할 수도 있겠다. 이유는 동생들은 새어머니를 친어머니라는 심정으로 대하는 반면에 장남인 나는 좀 소원한 마음이 자리 잡고 있었으며 그러함에도 아주 간혹 고향 집에 들를 때면 온갖 관심과 의지의 대상이 되었기 때문이다. 막내 현성이와 새어머니 관계는 완전히 껌딱지이다. 젖먹이 때부터 새어머니의 정성으로 성장했기 때문에 친어머니 이상으로 의지하고 고민을 말하고 들어주는 모자 관계였다.

새어머니의 병세가 심해졌다. 들락거리던 읍내의 의원을 제쳐 두고 D시의 큰 병원에서 진료를 받다가 입원까지 하게 되었다. 그 병원을 선택하는 데는 아버지가 적극적으로 권해서였다. 40년 전 친어머니의 급성 간암을 치료받기 위해서 다니던 병원인데 용한 의사들이 많다며 그 병원을 고집한 것으로 봐서 아버지는 고령이지만 새어머니가 완쾌하여 이 세상에서 같이 더 살고 싶었던 마음이었다. 새어머니의 병명은 갑상선 결절로 갑상선 세포가 분열해 같은 성질 세포를 많이 만드는 현상이 나타나는 것으로 급성 폐렴까지 합병증으로 온 상태였다. 의사 선생님은 1개월을 넘기기가 어려울 것이라며 죽음을 준비하라고 했다. 병상의 새어머니를 보면서 누구나 이 세상으로 왔지만 꼭 떠나야 한다는 것이 허무했다. 인생이 한결같지 않아 언젠가는 죽을 수밖에 없는 삶이다. 아무리 좋은 시기가 있다 한들 언젠가 끝이 보이고 언젠가는 죽을 것이 분명했다. 새어머니는 암울한 질곡을 깨려고 우리들의 어머니가 된 것이 아니다. 구름처럼 바람처럼 흐르다 가도실 우리 집의 며느리로 왔으니 곧 운명이었고 팔자였다. 운명이고 팔자였으니 인위적으로 만든 인연이 아니라 하늘이 내려준 며느리요, 아내요, 어머니였던 것이었다.

그래도 정신이 있을 때 희미한 소리로 나에게 말했다.

"현태야 이리 온나?"

"예, 어머니?"

가까이 다가가 무릎을 꿇으니 새어머니는 나의 손을 달라고 했다. 나는 두 손을 포개어 새어머니의 한 손을 가운데 넣으며 잡았다.

"현태야!"

"어머니 현태가 여기 있니더! 말씀하이소!"

"내가 죽거든…… 죽거든 말이다."

"어머니? 왜! 죽는다는 말씀을 하니껴?"

"그냥 조용히 들어라. 내가 죽으면 화장을 하고…… 해서 중학교 옆 송가지골 소나무 숲 아래에 유골을 묻어라."

"……."

"그리고 물터지 논 세 마지기 땅문서는 아버지한테 받아라. 그 땅을 너에게 줄 테니 제사나 꼬박꼬박 지내다오."

나는 아무 말을 할 수가 없었고 묵묵부답이었다. 새어머니는 띄엄띄엄 말을 이어갔다.

"장독대에 제일 큰 단지 속에 누런 밀가루 포대로 말아 놓은 것이 있니라. 그것도 네가 가지든지…… 처리를 해라."

나는 갑자기 눈물이 났다. 나에게 재산을 준다고 해서 기뻐서 나오는 눈물이 아니었다. 새어머니가 아옹다옹 할머니에게 그 논문서를 받으려고 얼마나 애를 썼는지 알고 있었고, 임신을 위하여 백방으로 노력했지만 결국은 자식을 낳지 못하자 며느리의 마음을 달래기 위해서 보상 차원에서 할머니가 줬다는 것을 잘 알고 있기 때문이었다. 결국은 새어머니도 이 세상을 떠날 때는 논문서까지도 나에게 줘 버리고 빈손이었다.

병원에서 고향집으로 돌아온 나는 장독대로 향했다. 어머니가 말한 대로 가장 큰 단지가 눈에 들어왔으며 조심스럽게 뚜껑을 열고 깊은 단지 속을 들여다봤다. 뭔가 희끗한 물체가 보이는 것이 새어머니가 말한 그 물건임을 직감하고 가슴을 구부려 들어 올렸다.

그 물건은 밀가루 포대로 둘둘 말려 있었고 속에는 무엇인가 보관되어 있었다. 밀가루 포대를 풀면서 궁금하기도 하고 또한 의아스럽기도 했으며 무엇을 보관했을까, 라는 신비함까지 들었다.

물건을 보는 순간 깜짝 놀랐다. 내가 초등학교 4학년 때부터 싸 다녔던 도시락이었으며 친어머니가 급성 간암 치료를 위해 D시의 큰 병원에 갔을 때 병원비를 넣고 보자기로 감싸서 아버지의 어깨 대각선으로 묶었던 그 도시락이었다. 우리 집의 가정사가 고스란히 남아 있는 그 도시락이 큰 단지의 밀가루 포대로 정성껏 보관되었다.

조심스럽게 도시락 뚜껑을 열어 보니 주택 복권이 가득하게 차곡차곡 모여 있었다. 아직도 당첨 번호를 맞춰보지 않은 것으로 보였다. 긴 세월 동안 샀던 것이라 한 장 가격도 100원, 500원, 1,000원으로 차이가 있었다. 100원짜리는 1976년으로 인쇄가 된 것으로 봐서 새어머니가 막 곳간의 열쇠를 받아 용돈을 만들 여력이 있었을 때인 것 같았다. 500원짜리는 1989년 때부터였고 1,000원짜리는 2004년이라고 쓰여 있었다.

새어머니가 재혼했을 초창기에는 주택 복권을 사러 읍내로 가기가 어려웠다. 버스 편도 그러하지만 할아버지와 할머니와 같이 살고 있어서 동네 옆집에도 허락을 받고 가야 했던 시절이었기 때문이다. 그 주택 복권은 일 년에 몇 번씩 들이는 체 행상꾼에게 부탁을 해서 40년 동안 모아서 맏아들인 나에게 줬던 것이다.

나는 주택 복권을 뒤척이면서 눈물이 나오는 것도 잊고 그 안에 녹아 있는 새어머니 찾기에 몰두했다. 그러다가 울컥 감정이 격해져 울음보가 터지고 말았다.

"어머니! 으으…… 흑……!"

새어머니는 나에게 모든 것을 물려주고는 곧 이 세상을 떠났고 이 땅에서 남긴 유언처럼 한 줌의 유골이 되어 중학교 옆 송가지골의 낙락장송의 친구가 되었다. 그렇게 먼 길을 떠났다.

새어머니가 죽고 난 뒤 몇 년이 지나고 아버지마저 이 세상을 떠나 나는 우리 집에서 최고의 어른이 되었다.

할아버지, 할머니는 물론이고 아버지도, 어머니 두 사람도 떠났으니 7남매 중 장남으로 생존해 있는 사람 중에 윗사람은 없다.

되돌아보면 나는 '이기주의자'였다. 인간미가 없었으며 맏손자로서, 장남으로서 역할을 해야 할 때, 자리를 지켜 줘야 할 때는 그 자리를 피해 있었다. 나는 장남이라는 위치 때문에 유무형적으로 동생들보다는 확연하게 여러 가지를 많이 받았지만 받은 것에 비하여 실질적으로 해낸 역할은 아주 미미했다. 그렇게 보잘것없었던 것은 운명적이라기보다는 나 스스로가 그 역할을 내친 것이다. 동생 여섯을 아우르는 희생과 배려가 부족했고 나 자신만 챙기는 소인배였다. 그래서 나는 비겁한 사람이고 비열한 형이고, 오빠임을 밝히고 자성하고 싶다.

처지를 바꾸어서 생각하는 역지사지(易地思之)를 하더라도 새어머니는 천상의 선녀이고 성녀(聖女)임이 분명하다. 어떠한 미사여구를 가져다 표현해도 부족할 따름이며 만물의 영장(靈長)인 인간 중에 최고의 인간성으로 우리를 키우고 성장시킨 것임에는 분명하다.

진달래, 복사꽃이 만발하는 행복한 곳에서 부디 행복하길 빌어 본다.

두 분 어머니!